深読み日本文学

島田雅彦
Shimada Masahiko

インターナショナル新書　016

目次

序章　文学とはどのような営みなのか

私たちはどこから来て、どこへ向かうのか

現在、グローバル経済の進展により、効率主義や成果主義がいびつな形ではびこっています。そのせいで「工学や自然科学系などと比べて生産性が低い」「クリエイティブでもなく、効率も良くない」と人文社会科学を軽視する傾向が年を追うごとに強まっていますが、その主張には何の根拠もありません。

逆に人文系の教養の欠如は、批判精神の低下、発想の転換の鈍さ、コミュニケーション能力の劣化となって現れている。もっと言えば、人文系教養の軽視と反知性主義の進行はパラレルにさえ見えます。

先の見通しが立たない現代においてこそ、また未来に起きうる危機に備えるためにも、人文社会系の知識を学ぶ必要があるでしょう。未来を正しく予測することは誰にもできませんが、これまでの歴史の経験に従うならば、未来は「忘れられた過去の復活」、あるいは「忘れられた過去の再発見」というかたちで開かれていくからです。だから、未来について考えるならば、礎石となる「歴史」を学び、修得した歴史の教訓を未来に応用していくことが求められます。

人文社会科学とは、人類が歩んできた歴史全般を扱う学問です。ゆえに、人文社会科学

の教養のない人間が政治家になると、歴史認識において大きな躓《つまず》きを招いてしまいます。学問とは、言うなれば「私たちはどこから来て、どこへ向かうのか」という、過去と未来の橋渡しをする営みです。過去を踏まえた上で何を目指していけばよいかというコンセプトを組み立てる。そうした歴史を踏まえることで、ある程度の法則性が見えてくるのです。

そして「人間とは何か」「人間の抱え込む欲望や本能とは何か」という問いに対して、何らかの答えを差し出してくれる学問が文学です。その意味では、「文学は実学である」と言えるでしょう。

昨今の政治家や官僚は、法案や不正に対する疑義に対し、十分な説明責任を果たさず、中学生にも見抜ける嘘でその場を取り繕ったり、また法案や政策の肝心な部分を隠蔽したり、中身空っぽのキラキラ・フレーズで誤魔化《ごまか》そうとしたり、逆に難解な用語を駆使して煙に巻こうとします。彼らは自分たちに厳しい批判を投げかけてくる人文系の学者たちを一掃し、政権に尻尾を振るイエスマンで固めたいがためだけに、予算を削ることをちらつかせ、嫌がらせをしてきます。そうしたエセ文学的な「言葉の悪用」をする人たちを批判するのが、文学の本来の役割なのです。

「あの世」は言語によって生まれた

人類はおよそ七〇〇万年前に誕生しましたが、現在まで生き残っているのは「ホモ・サピエンス」ただ一種類だけです。現生人類であるホモ・サピエンスは二〇万年前に誕生したと言われていますが、それ以外にもネアンデルタール人と呼ばれる「ホモ・ネアンデルターレンシス」や、北京原人として知られる「ホモ・エレクトゥス」など、私たちとよく似たヒトが多数存在していました。

類人猿にはチンパンジーやゴリラ、ボノボ、オランウータンと複数の種が存在しているのに、なぜか人類の場合はホモ・サピエンスしか生き残れませんでした。我々と類縁の他の種はすべて絶滅してしまったという人類学的な現実があります。

現生人類が言語能力を獲得したのは、今から五万年前とも七万五〇〇〇年前とも言われています。これには諸説あり、さらに考古学という分野は新しい発見があるとこれまでの記述ががらりと変わってしまうので、絶対的な真実とは言えませんが、ここではひとまず七万五〇〇〇年前としておきましょう。

人類の言語獲得を証明するのは、地層から出土した遺物です。七万五〇〇〇年前よりも古い地層から出てきた出土品と、それより新しい地層から出てきたものとでは、明らかに違っていました。その違いをもたらしたのが言語を獲得するための能力だと考えられています。七万五〇〇〇年前よりも古い地層からは、狩りのために使った矢じりや、肉を切るための石器といった、一目見て用途がわかるものしか出土していません。

ところが、七万五〇〇〇年前に現生人類が住んでいたとされる南アフリカのブロンボス洞窟からは、何に使っていたのかすぐにはわからない幾何学模様が刻まれた土片（オーカー）が二〇〇〇年に発見されています。さらに二〇〇四年には、同じ洞窟の地層からアクセサリーのようなビーズ状になった巻貝が多数発見されました。用途のわからないもの、それらはひと口に言えば、「アート」としか呼びようのないものでした。

人が会話を行うには複雑な文節言語を使いこなさなければならず、そのためには物事を象徴化・抽象化する能力が必要です。実用的ではないものを作製したことは、人類が「象徴機能」を身に着けた証《あかし》とされています。

言葉とは、すなわち「現実にはないもの」を記号に置き換えて表現することです。そのような働きを「象徴機能」と言います。この能力がなければ、単純な感情伝達はできるかもしれませんが、複雑な会話を行うことは不可能です。

時代はずっと下りますが、スペインやフランスの洞窟からは、たくさんの壁画が発見されています。アルタミラやラスコーの壁画は約一万年から二万年前に描かれた壁画と言われておりますが、このアートもまた人類が言語能力を獲得したからこそ生まれたものなのです。アートを創造し、楽しむためには、抽象的な図像を読み取れなくてはなりません。それには言語と同じく、象徴的な記号を読み取る能力が必要になってくるのです。

目の前に存在しないものを想像によってつくり出す——これが言語のマジックであり、同時に本質と言えます。人類はこの途轍《とてつ》もない能力を獲得したことで、その後、様々な文明をつくり上げていきました。

最近まで——と言ってもそれはおよそ三万年前ですが、ネアンデルタール人は地上に存在していました。しかも、ネアンデルタール人と現生人類であるホモ・サピエンスは、ある時期まで共生し、交雑もしていたと言われています。これは現生人類の核DNAに、ネアンデルタール系の遺伝子が残っていることから見ても明らかです。

しかし、ネアンデルタール人は滅び、ホモ・サピエンスは今日に至るまで繁栄を続けています。結果、人類の人口は現在七六億人を突破しました。

では、なぜここまでホモ・サピエンスは繁栄できたのでしょうか。それを考える鍵となるのが言語能力、ひいてはコミュニケーション能力です。一応、ネアンデルタール人も簡単な言葉を話していたと言われています。しかし、ホモ・サピエンスほど、巧みに言語を使ったコミュニケーションを行うことはできませんでした。

地球上で最も繁栄した現生人類は極めて未熟な状態で生まれてくるという特徴がありま す。他の動物に比べて成長が遅く、母親と過ごす幼年時代が長いので、一人前になるのに一〇年以上の歳月がかかる。だが、教育や学習に膨大な時間と手間をかけることで、高度な技術を生み出し、複雑なコミュニケーションを行えるようになり、より多様な環境、状況に臨機応変に対応できるようになったことが、生き残りの鍵になったのです。

また養育を通じ、家族、血縁地縁の結びつきが深まり、互助の知恵が磨かれ、協議しながら問題解決に当たるようになりました。ところが、ネアンデルタール人は現生人類よりも早く大人になったと言われており、それが環境変化への適応という点で裏目に出たようなのです。

ホモ・サピエンスは地球上のあらゆる環境に適応し、温暖化や寒冷化、乾燥化、火山の破局的噴火などの気候変動にも対応してきました。天体の運行と気象の因果関係に気づき、物質の特性や自然の法則を発見し、自然に加工を施す技術を洗練させ、自然界に存在しない人工物を次々と生み出すようになりました。

抽象的な思考ができるようになった人類は神をつくり、死者の世界であるあの世をつくり、絵画を描き、法や掟《おきて》をつくり、貨幣をも発明しました。また農耕と牧畜の発達により、砂漠や高山、小さな島々に進出するようになったことで人口増加が促されました。食料生産力を飛躍的に高めたことで、食料確保に費やす時間が短縮され、活動の範囲が広がり、その知性を存分に発揮することができるようになったのです。

私たちの遠い先祖の知恵は代々受け継がれ、踏襲されてきましたが、その知恵が差別や独占、征服や虐殺というかたちで発揮されることもありました。生物学的には、共存共生を目指した方が結局はより多くの生存に有利になりますが、人がひとたび権力を手中にすると、それを維持することに躍起になるその習性が改まることはありませんでした。

法は権力の横暴から人々を守るためのものであるにもかかわらず、権力者は自分に都合がいいように法を歪曲《わいきょく》します。権力者に不当に抑圧されずに済むように、公共の福祉に反しない限りで自由を謳歌《おうか》できるように、もっと言えば奴隷状態から解放されるためにこそ、教育が必要なのです。

権力者のイエスマンを育てることは教育とは言わず、洗脳と呼びます。思考の多様性をいかに身に着けるか、それこそが教育の本質です。教育する側に回っても、そのための努力は死ぬまで続きます。

文明の発達の歴史

これまで人類は、三つの大きな「社会構造革命」を経験してきました。その三つとは農業革命と産業革命、そして情報革命です。

動物と同じように、自然に生きる動植物を採取して暮らしていた狩猟採集の時代から、人類は何らかの人為的な加工を施して、食料生産を効率的に行うようになりました。これが農業革命です。

その次に――と言っても、人類の歴史から見るとごく最近になってからですが、いわゆる産業革命が起こりました。産業革命により、それまでの職人たちによる手工業から、機械を使った工場生産へと移行し、それに伴って社会体制や経済体制なども大きく変わったのです。何をするにも、何をつくるにも人力で行わなければならなかった時代から、機械が代わりに作業してくれる時代へと変化しました。ただし、その歴史はせいぜい三〇〇年くらいのものでしかありません。

そして一九九〇年代になると、情報革命が起こります。コンピュータの発達により、人類の持つ情報蓄積能力は飛躍的に伸び、膨大な量の情報を処理・利用できるようになったのです。一説によると、九〇年代から二〇〇〇年代の一〇～二〇年あまりで、人が接することのできる情報量は五〇〇倍以上増えたと言われています。

人類は自然界の中に生まれながら、自然界には存在しないものを築き上げ、地上の王として君臨していきました。それを可能としたのが、これまで述べてきた通り言語であり言語能力なのです。こうした長い歴史を踏まえれば、言語能力をどう生かすかが、我々が生きていく営み、ひいては人類の未来を左右することがわかるでしょう。こういうことが文学の前提にあります。

受け継がれていく神話

本書では近代文学を中心に文学論を展開します。しかし、近代文学の作家といえども、古典の蓄積を完全に無視して作品を創作するのは不可能です。実際、先祖の記憶を蘇《よみがえ》らせよう――すなわち古典を蘇らせようという試みは、近代以降の多くの作家によって繰り返し行われてきました。だから、本書では古典を踏まえつつ、個々の文学作品の魅力や作品が書かれた時代背景について解説していきたいと思います。

序章の最後に、最古の文学と言える「神話」について触れておきましょう。神話の世界というものは、文字が開発される以前――つまり、人類がまだ狩猟採集生活を行っていた時代から、相互のコミュニケーションを通じてつくり上げた、最も古い形式の文学作品です。

古代、人々は共同生活をしていたとはいえコミュニティの規模は小さく、一〇〇人程度の集落が至るところに存在していました。なぜ小規模な集団しか形成していなかったのかというと、そのぐらいの共同体でなければすべての構成員を食べさせていくのは不可能だったからです。組織的な農業が行われる農耕時代になると、もう少し集落の規模は大きくなりました。こうした集落単位で共有され、世代を超えて伝わってきた物語が神話なのです。

神話は一般的に、共同体の習慣や社会システム、そしてタブーがどのようにして成立したのかを伝えています。ただ、不思議なことに、言語や文化が異なる国や地域で生まれた神話であっても、かなりの共通点が見られるといった特徴を有しています。例えば大洪水の神話や伝説は、世界の諸神話に共通して見られるテーマです。

旧約聖書『創世記』のノアの方舟や、ギリシャ神話のデウカリオーン、ヒンドゥー教のプラーナのマツヤ、『ギルガメシュ叙事詩』のウトナピシュティムなど、大洪水にまつわる神話は、世界中に広く見受けられます。こうした洪水神話は、実際に起こったことを伝えるためにつくられたのかもしれません。神話は古代人の生活の記録や未来への警告、そして過酷な運命を受容するための装置でもあるのです。

だから私たち日本人が、距離的にはかなり遠い中南米やアフリカに伝わっている神話に感動することもあります。身体や脳の構造は人種や民族を超えて、共通しています。一つ目の巨人も、空飛ぶ部族も、手が四本ある人種もいません。遺伝的には共通の祖先を持っているので、まったく理解できない言語や文化というものはありません。理解しようと努力すれば、必ず報われるようにできているのです。ジョーゼフ・キャンベルというアメリカの神話学者は古今東西の神話を収集し、比較検討し、地域が違っても、驚くほど類似していることを示しました。そのキャンベルの影響を受けてつくられた、有名な映画があります。ジョージ・ルーカスの『スター・ウォーズ』です。ルーカスは世界中の神話をサンプリングし、親子関係、成長、悪の誘惑、戦争、権力などのテーマにおいて、共通している要素をシナリオに盛り込みました。その結果、世界中の観客への訴求力を高めることができたのです。これは神話研究がマーケティングに応用されたケースと言えます。

神話は先祖から子孫へと、脈々と踏襲されてきました。だから、仮に私たちがある特定の神話を読んだことがなくても、親あるいはその前の世代はその内容を知っていたということは十分考えられます。そのため、たとえ読んだことのない神話でも、子どもの頃に親から聞かせてもらったであろう童話や民話、おとぎ話などの中に埋め込まれているので、自分の無意識の中に根を張っているのです。

このように無意識のレベルに存在する記憶や感情を、心理学者のユングは「元型archetype」という概念で説明しています。ユングによると私たちの無意識は、自分が生まれ育った土地に根ざした神話を、先祖から受け継いでいるそうです。そしてこの神話は、我々が物事を考えるときや行動するときの、一つの原型的な意味づけとなっています。

だからユングによれば、初めて読む神話に対して「なんとなく懐かしいな」、あるいは「前にも読んだことがある気がするな」と既視感を覚えるのは、私たちが受け継いだ元型のせいだということになります。

文学は、この神話という最も古い形式から出発して、焼き直し、語り直しを繰り返しながら、時代状況に沿ったアレンジを重ねてきました。そうした古典の豊かな蓄積に加え、仏教や儒教、キリスト教、マルクス主義ほかの西洋哲学などの外来思想、そして外国文学の影響が重なり、日本人の知性は形成されてきました。その中で日本文学の母胎、あるいは原点となったキラーコンテンツを一つ挙げよと言われたら、やはり『源氏物語』は外せません。ＤＮＡを持たない人間がいないように、『源氏物語』抜きの日本文学など考えられません。近代文学講義を始める前に、日本文学の元型たる『源氏物語』に寄り道しましょう。

第一章　色好みの日本人

日本文化の概念を決定づけた『源氏物語』

第一章では、私たちの先祖が親しんでいた心象世界、あるいは世界観・自然観に触れていきます。この章で取り上げる作品は、紫式部の『源氏物語』です。平安時代後期の一〇〇四～一二年頃に書かれたこの作品は、その後一〇〇〇年以上も日本文化の伝統を支える概念を決定づけたと言っても過言ではありません。その概念とは「色好み」です。もし仮に『源氏物語』が生まれなかったとしたら、その後の日本文化はかなり味気ないものになっていたことでしょう。

『源氏物語』は、現代の原稿用紙の枚数に換算すると、四〇〇字詰めで三〇〇〇枚ほどのボリュームを持つ作品です。世界最古の長編小説と言われている『源氏物語』では、天皇のご落胤《らくいん》、つまり息子である主人公の「光源氏」が当時の恋愛の流儀に従って、次から次へと女性をものにしていきます。「日本式求愛の流儀」と呼ぶべき様々な恋愛パターンが網羅された、「ジャパニーズ・ドン・ファン」の生涯を描いた作品です。

井原西鶴や谷崎潤一郎などをはじめ、その後の時代の人々は、この『源氏物語』を模範とし、その伝統を踏襲していきました。だから、日本文化のキーコンセプトを聞かれたら、『源氏物語』に通底する「色好み」と言っていいでしょう。

さらに『源氏物語』に始まる色好みの伝統は、今日においてはマンガにおけるエロティシズムにも受け継がれています。つまり『源氏物語』は、現代にまでつながる日本文化の出発点としても位置づけられます。例えば、近代文学で「ロリコン」を描いた作品と言えば、谷崎潤一郎の『痴人の愛』が有名です。ナオミという少女に対して異様な執着をする中年男の物語として知られるこの作品はウラジーミル・ナボコフの『ロリータ Lolita』より三〇年以上も前（一九二四〜二五年）に発表されています。

ところが、『痴人の愛』より九〇〇年以上も前に、ロリコンの元型とも言える話が『源氏物語』に書かれていました。『源氏物語』全五四帖の中の第五帖、「若紫」のエピソードです。作中、一八歳だった光源氏は、たまたま通りかかった家の垣根越しに、まだ一〇歳くらいの女の子が鞠《まり》をついて遊んでいるのを見かけ、心惹《ひ》かれます。

顔つきがいかにもあどけなく、眉《まゆ》のあたりがほのぼのと匂《にお》うようで、振りかかる毛を子供らしく掻き上げてある額《ひたい》つき、髪の具合など、非常に美しいのです。大人《おとな》になって行くさまを見るのが楽しみのようなと、眼をお留《と》めになります。

（谷崎潤一郎訳『潤一郎訳 源氏物語』巻一、中公文庫、二〇二ページ）

そして、光源氏はその少女をそばに置いて、「明け暮れの慰めに」眺めていたいと思いました。光源氏は大胆にも少女の親代わりの人物に、「おたくの娘さんをいただきたい」と伝えます。言われた親は養子にしたいという申し出かと思いきや、幼い頃から自分好みに染め上げて、理想の奥さんにしたいという。これは一〇歳の女の子に対する態度としては尋常ではありません。

現代だったら警察へ通報されてもおかしくなく、源氏も最初はやんわりと断られてしまいましたが、押しの一手で妻に迎えます。このように『源氏物語』の主人公は、現在の感覚では到底考えられないことを平然とやってのけるのでした。

「色好み」の伝統はなぜ生まれたか

『源氏物語』に見られる「色好み」の伝統は、どのような社会背景の中で生まれたのか――その発祥に関しては諸説ありますが、宗教学者の中沢新一が著書『日本文学の大地』において、ユニークな源氏物語論を展開しています。

中沢は「光源氏自身は天皇に即位できなかったが、その素質のある人物として描かれている。よって『源氏物語』を理解するには、彼を天皇と見なして読むといい」と勧めます。つまり、主人公の光源氏を「天皇に見立てる」ことで、物語構造がよりわかりやすくなると言うのです。

古代、天皇は領土を広げるために、朝廷軍を派遣して地方を征服していきました。朝廷によって征服された地方の豪族らは、娘たちを「采女《うねめ》」というかたちで天皇に献上していきます。采女とは天皇や皇后の近くで、主に食事の支度といった仕事に携わった宮中における女官の一つです。忠誠の証として朝廷に貢進《こうしん》され、大化改新後は諸国の郡司などが一族の中から容姿端麗な娘を選び、後宮で奉仕させたと言われています。

つまり「ある種の人質」として、各地の娘たちを天皇に献上させていたわけです。前近代においての女性は、基本的に「男性の所有物」だという認識が、日本に限らず世界に共通してありました。

有力者の娘たちは各地方の特産物——絹やアワビ、コメ、野菜といった貢物と同じような扱いだったのです。「その土地でとれた特産物と女性の献上によって、大地の生産力と生殖力を一手に引き受ける」、これが天皇の権力のあり方でした。

こうして集められた娘たちは天皇の宮廷の中の後宮、いわゆるハーレムに住まうことになります。この天皇がハーレムを持つという伝統は、古代から行われていたことでした。「光源氏は、こうした文脈の中から登場したと考えなければいけない」というのが、中沢の展開する源氏物語論です。紫式部が『源氏物語』を書いた動機や背景を知ると、さらに深く理解できます。

『源氏物語』が執筆されたのは藤原摂関家の黄金時代——藤原道長（九六六～一〇二八年）という男が権力を思いのままに揮《ふる》っていた時代でした。彼らの権力の基盤となっていたのが「天皇家との姻戚関係」です。藤原氏は一族の娘を天皇に嫁がせては、世継ぎを産ませていました。その世継ぎが天皇になれば、自分の孫が天皇になるので、宮廷を一族の思いのままに操ることができるからです。

藤原道長の権勢が最盛に達したのは、一条天皇が即位していた時代でした。道長はこの一条天皇に、娘の彰子を嫁がせました（中宮彰子）。しかし、一条天皇は彰子よりも先に妻となっていた定子（皇后定子）の方を気に入っていたようなのです。この定子に仕えていた女官の一人に、『枕草子』を書いた清少納言がいました。

道長としては、自分の娘に是が非でも世継ぎを産んでもらいたいのですが、そのためには一条天皇に足繁く彰子の寝室へ通ってもらわなくてはなりません。しかも、後宮には彰子や定子の他にもたくさんの女性が暮らしていました。そのような中で一条天皇の寵愛《ちょうあい》を受けるためにはどうすればいいのか。そこで考案したのが、「物語作戦」でした。

一条天皇が即位していたのは、皇后定子に仕える清少納言や中宮彰子に仕える紫式部らにより平安女流文学が花開いた時代でした。一条天皇自身も文芸に深い関心を持っていて、『本朝文粋《ほんちょうもんずい》』などに漢詩文を残しています。

そこで藤原道長は、才能豊かな紫式部に「誰もが続きを読みたくなるような物語を量産してくれたまえ」と依頼しました。指令を受けた紫式部が執筆したのが、『源氏物語』だったのです。才能豊かな紫式部は、宮廷を舞台に輝くばかりの美貌と才能に恵まれた主人公・光源氏が活躍する話を、次々と生み出していきました。

紫式部はまず、彰子に自分が書いた物語を読ませます。彰子が大いに喜ぶと、宮中の女官たちのあいだで回し読みされて、「あの女はどうだ」とか「次はどうなるのか」とか、『源氏物語』の話でひとしきり宮中が盛り上がるわけです。

そのように作品が話題になれば、「なんだ？　なんだ？　そんな面白い話が出回っているのか」と一条天皇も興味を持ち、足繁く通うようになります。その結果、中宮彰子はめでたく、一条天皇の子どもを身ごもりました。このように『源氏物語』が描かれた背景には、「藤原道長の孫が将来の天皇の座を射止めるため」という政治的目的があったのです。

平安時代、紙はたいへん貴重な品でしたから、よほどの経済力を保持していないと、あれだけの長い物語を書くことはできません。『源氏物語』は、もちろん紫式部の稀有《けう》な才能がなければ生まれなかった作品です。しかし、それだけでは十分ではなく、当時の先端産業であるところの製紙業を押さえているような実力者がバックについていなければ、到底書き続けられませんでした。ちなみに手漉《す》き和紙の大きさには規格があり、一枚の紙を三回折り、八分割し、その一面に約二〇〇字を書き込んでいたのですが、それが現在の二〇〇字詰め原稿用紙の元になっています。一枚の紙には二〇〇掛ける八で一六〇〇字書けます。ちょうどA４一枚ほどの分量です。日本語でものを書くときの規格は平安時代から今日まで踏襲されてきたというわけです。

『源氏物語』は、政治的な思惑が絡んだ国家プロジェクトだったと言っても過言ではありません。天皇を中宮彰子の寝室に足繁く通わせるという政治的な目的が厳然としてあり、それを効率良く実現する手段として、『源氏物語』は書かれたのです。

また、『源氏物語』は「天皇のためのポルノグラフィであった」とも言えるでしょう。それを読んだ天皇が発奮して世継ぎが生まれれば、国家の安泰にもつながります。『源氏物語』は極めて文学性の高い作品ですが、このような政治的な背景を知れば、より深く味わうことができるのです。

「雅《みやび》」と「野蛮」は矛盾しない

次に主人公である光源氏について触れていきましょう。彼の性格を一言で表せば、周囲の人間が呆気《あっけ》にとられるほどの「傍若無人な人物」となります。しかし同時に紫式部の筆は、そうした不埒《ふらち》で女好きの光源氏を、「それこそが『雅』なのだ」と思わせるような説得力を持った、非常にきめの細かい文章で描きました。だから宮中の女官たちは皆、一〇歳の少女を見初めて「自分の妻にしたいので、一つよろしく」などと言ってのける男に、心をわしづかみにされたのです。

先ほど「雅」という単語を使いましたが、これは現代の「上品さ」を表す言葉とは意味合いが少々異なります。古代ではそうした意味のみならず、暴力的なものや強引なもの、あるいは破壊的なものをも含んだ複雑な美意識を表す言葉として用いられていました。だから、「雅」と「野蛮」は決して矛盾しない概念なのです。三島由紀夫もそのようなことを『春の雪』の中で、主人公に言わせています。

そもそも『源氏物語』の内容は、序盤から不埒な部分を含んでいます。ご存じの通り、光源氏の実の母親（桐壺）は早くに亡くなり、父である天皇は後妻（藤壺の宮）を迎えます（第一帖「桐壺」）。源氏はこの後妻をことさらに慕い、ついに関係を持ってしまうのでした（第五帖「若紫」）。

どのように計らったことなのか、たいそう無理な首尾をしてようようお逢いになるのでしたが、その間でさえ、現《うつつ》とは思えない苦しさです。宮も、浅ましかったいつぞやのことをお思い出しになるだけでも、生涯《しょうがい》のおん物思いの種なので、せめてはあれきりで止《や》めにしようと、固く心におきめになっていらっしゃいましたのに、またこのようになったことがたいそう情《なさけ》なく、やるせなさそうな御様子をしていらっしゃる
（後略）
（前掲書、二二六ページ）

光源氏と藤壺に血のつながりはないですが、立場的には母と子なのですから、母子相姦となります。また、源氏は「天皇の奥さんを寝取る」という、とんでもない不敬を働いてもいるのです。結果、藤壺は身ごもり、源氏の子どもを出産しました。生まれたのは男の

子でしたので、その子どもは次の天皇になる。つまり、光源氏は次期天皇の父親になってしまったのです。

このように『源氏物語』は、「平安貴族たちの優雅な生活を描いた作品」だと高をくっていると、火傷しかねないほど過激な内容です。そして日本文学は、この『源氏物語』の呪縛からなかなか抜け切ることができません。後世の作家が『源氏物語』をいくらリサイクルしようと試みても、オリジナルの物語が抱え込んでいる野蛮さ、自由奔放さには敵《かな》わないからです。

「敵意」のドン・ファン対「友愛」の光源氏

次に、この「色好み」の世界を、世界文学の文脈において考えてみます。先に私は光源氏のことを「ジャパニーズ・ドン・ファン」と呼びました。ヨーロッパに現れた女たらしの代表選手と言えば、やはりドン・ファンとなります。ドン・ファンとは好色放蕩《ほうとう》で知られる、一七世紀スペインの伝説上の色事師・漁色家・好色漢です。次々と女性を追い求めたことから、現代ではその名前がプレイボーイの代名詞として使われています。

この世界的に有名な女たらしが初めて物語に登場したのは、一七世紀の頃でした。光源氏の登場とはおよそ六〇〇年の隔たりがありますが、それでも「女たらし比較」の対象として、東の代表に日本の光源氏を挙げるならば、西の代表者は当然ドン・ファンとなるでしょう。

この二人を並べると、「狩猟採集民族系」代表のドン・ファンに対して、光源氏は「農耕民族系」代表と言えます。例えば体力比較ですと、ドン・ファンはもともと騎士ですので、一晩で五人も六人もの女性を相手にすることが可能です。そして、おおよそ人妻とか他人の許嫁《いいなずけ》といった人のものを手籠めにしていたので、相手の家族や親類縁者から復讐《ふくしゅう》される恐れがありました。ゆえに、長く同じ場所に留まっていることはできず、いつもどこかを転々とする生活を送っていました。

この、移動を繰り返す生活をしているところが、ドン・ファンを狩猟採集民族系とくくった所以《ゆえん》です。つまり、ドン・ファンにとって女性とは、基本的に〝狩りの獲物〟でした。だから彼は、ウサギを狩るように次々と女性を手籠めにしていきます。

しかも、ドン・ファンが女性に対して紳士的・騎士的な振る舞いをするのは口説く瞬間のみです。ひとたび目的を達成したら、彼は女性を次々と捨てていきます。たいていの場合、一夜限りの関係ですので、結婚などというものは考えたこともない。だからドン・ファンには、キリスト教的道徳に徹底的に反抗するという「アンチ・キリスト」的なイメージが付いて回るのです。

一方、我らが代表の光源氏はどうか。まずドン・ファンとの大きな違いは、光源氏が女性の生み出したキャラターだということです。光源氏は「女性が憧れる理想の男性像」というものを体現しています。だから、女性に対してフレンドリーで優しいという、ドン・ファンにはないフェミニストの資質を備えているのです。

もう一つ、「光源氏は女性に対して手厚いアフターケアを行う」といった違いが挙げられます。ドン・ファンが女性を手籠めにしては捨てていくのに対して、光源氏は非常に面倒見がいい。たまたま暗闇でよく見えなかったとはいえ、彼は不器量な女性として有名な「末摘花《すえつむはな》」ともうっかりと関係を持ってしまいます。しかし、そういう女性であっても差別せずに、後に自邸（二条院）へ引き取っているのです。

また光源氏は、過去に関係を持った女性たちによる音楽会を開き、しかも和気あいあいとした雰囲気をつくり出すという奇跡をやってのけます。よほど平等に女性たちと接し、また女性たちのプライドを保ち続けていないと成し得ることのできない芸当です。ドン・ファンには、過去に関係した女性たちをパーティに呼ぶなんていうことはできないでしょう。

ドン・ファンがあらゆる世界に「敵意」をばら撒《ま》くのに対し、光源氏は「友愛」を運んでいました。二人の違いは、獲物がいなくなったら次の山に行くしかない狩猟民的態度と、基本的には生涯を通じて同じフィールドに留まって、そこで連作障害（同じ土地で同じ作物を繰り返しつくり続けることで起こる生育不良）が起きないよう入念に畑を管理し、最大限の収穫を上げていこうとする農耕民的態度が象徴する差異だと、捉えることも可能なのです。

『源氏物語』から未来を見通す

光源氏は言うまでもなく架空の人物ですが、物語上は桐壺帝の第二皇子という設定になっています。従って彼の振る舞いや態度は、ある意味で現代の天皇制にも通じている部分があります。例えば、現在の皇室では毎年、新年恒例の「歌会始の儀」が皇居で行われていますが、歌会自体は奈良時代（七一〇〜七八四年）から行われていました。また、皇室や王室の恋愛問題あるいは結婚問題は、王制を持つ国においては国家的なイベントになっています。

人間の営みというものは、今も昔もそれほど変わりません。伝統や風習など、歴史というものは断続的に存在するのではなく、ある程度の連続性を持っています。だから天皇あるいは皇室を手掛かりに『源氏物語』を見ていくと、現在の日本の天皇家を一〇〇〇年遡った先に光源氏の恋愛物語があり、それに人々が熱中した現象がよく理解できると思います。

『源氏物語』には過去の営みだけでなく、現在そして未来を生きるための知恵も含まれています。求愛は子孫を残す本能に根ざした営みです。そして歌や詩、物語は求愛の営みにとって最大の武器でした。現在、和歌に取って代わるかたちで、アニメの『けいおん!!』をはじめとするミュージシャンたちの求愛ソングがヒットを飛ばし、世の男女をその気にさせています。日本の少子化問題を真剣に考えるならば我々は率先して、こうした色好みの伝統を更新していくべきかもしれません。

第二章　ヘタレの愉楽――江戸文学再評価

江戸時代の遊郭は大人のテーマパーク

第一章では「日本文化に通底する『色好み』の伝統は、『源氏物語』から始まった」という話をしました。第二章では平安貴族の「色好み」がどのように江戸時代の町人に受け継がれたのかを論じていきます。

まず戦国時代の日本では、南蛮貿易が活発に行われていました。しかし、豊臣政権以降のキリスト教禁令化の流れの中で、ヨーロッパとの交渉は限定的になっていきます。それから約二〇〇年間、オランダや朝鮮半島との限られた交流を除き、日本は引き籠もりに転じました。海外文化との接触を断ったことにより、日本文化は独自の進化を遂げていき、どの国の文化とも似ていない奇妙なものが数多くつくられるようになったのです。

昨今、官民を挙げて「クール・ジャパン」を世界に向けて発信していこうという戦略が取られていますが、その内実は漫画やアニメ、ゲームなど従来はサブカルチャーと呼ばれたものがほとんどです。このサブカルチャーのルーツこそ、江戸文化にあると私は考えています。現代につながるという観点からも、江戸文化を見直す意義は少なくありません。

江戸時代は明治以降と比べて、市民への締め付けが厳しい封建制社会でした。例えば、自由な旅行は基本的にできませんでしたし、職業選択の自由もありませんでした。だから市民の間には、「この締め付けから逃れたい」という欲求が渦巻いていました。

自由の謳歌《おうか》を最も強く望んでいたのは、町人たちでした。彼らは、江戸時代も半ばを過ぎると商業で潤うようになり、懐に余裕が出てきました。また、武士と比べて幕府からの締め付けが緩いという利点もありましたので、江戸時代の文化は財力と自由を手に入れた町人が担うことになったのです。

その町人らが担う文化の舞台となったのは、主に遊郭でした。遊郭とは幕府公認の売春宿で、とりわけ大坂の新町、京都の島原、そして江戸の吉原は、この時代の三大遊郭と呼ばれ、大いに栄えました。もちろん、これら以外の全国各地の宿場町にも、こうした遊び場は存在していました。

当時の町人たちにとっての遊郭は、「ファンタジーの世界」であり、「大人のテーマパーク」でした。ひとたびそこに足を踏み入れると、日常の憂さをすべて忘れられる場所。仕事も家庭のいざこざもすべて忘れて、夢と快楽に耽《ふけ》ることができたのです。

遊郭の内部を支配するのは、シビアな金勘定の原理です。お金さえあれば誰であれ夢に酔うことができますが、遊郭には一般の世界とは別のしきたりや流儀があり、客はこれらに従わねばなりません。こうした独自のルールが、遊郭のファンタジー性を高めていた面があります。

この遊郭で繰り広げられていた遊びとは、「恋」というものです。とはいえ、我々が一般的に思い描く情緒的な恋とは違ってゲーム的な要素が強く、言ってみれば駆け引きのようなものでした。つまり、遊郭は「男女の恋の駆け引き」のうまい人こそが粋とされる世界だったのです。

ここまでをまとめますと、「町人」が「遊郭」を舞台に「恋」というゲームに明け暮れる――日本文化の根底にある「色好み」の伝統は、江戸期にはこのようなかたちで花開いたのでした。

色好みの文化的な歴史を振り返ると、平安時代は天皇を中心とする貴族たちが担い手となり、色恋の技術を洗練させてきました。それが江戸時代においては、担い手が貴族から町人へと取って代わり、舞台もまた宮中から遊郭へと移っていったのです。これらの変化に呼応するように、物語の内容も「もののあはれ」から、より下世話な快楽主義へと変化していきます。

そのような江戸時代を代表する作品が、井原西鶴の『好色一代男』でした。一六八二年に発表され大ヒットしたこの浮世草子（遊里などを舞台に町人の世界を描いた江戸時代の小説）

は、一人の男・世之介の実に五四年にわたる性遍歴を書き記した作品です。『源氏物語』は、「桐壺」から「夢浮橋」までの五四帖で構成されています。つまり西鶴は確信犯として『源氏物語』の「パロディ」を書いたわけです。

好色一代男の五四年にわたる性遍歴

『好色一代男』は世之介の五四年にわたる性遍歴――数え歳で七歳、満で言うと六歳から六〇歳までの――を綿々と書き連ねた物語です。それぞれの年齢ごとにワンエピソードで物語が構成されています。

私は数年前に、『池澤夏樹＝個人編集　日本文学全集』（河出書房新社）の第一一巻で、この『好色一代男』を現代語訳しました。実際に訳して驚いたのは、世之介が「あまりにふざけた生き方をしている」ことでした。フィクションとはいえ「人間はここまでバカになれるのか」と、呆れるのを通り越して一種の尊敬の念を抱かざるを得なかったのも事実です。

世之介の人生をなぞっていきますと、性的に早熟だった幼年・少年時代のエピソードには、微笑を誘われますが、元服を過ぎた頃（一五歳）から早熟さがエスカレートしていき、加えて金持ちの商家の息子ですから、経済感覚もぶっ飛んでいる。その金銭感覚のなさには、読んでいて怒りがこみ上げてくる人もいるかもしれません。ただ、あまりにも悪ふざけが過ぎたことから、世之介は一九歳で親から勘当されてしまいます。しかし、彼は資金源を断たれたくらいでは、へこたれません。持ち前の愛想の良さを発揮して他人の家を転々として暮らし、見初めた女は必ず口説きます。失敗も多いのですが、決してめげることなく、女の尻を追いかけ続けました。

そんなデタラメな生活を続けましたが、三〇歳を過ぎた頃に「これはもう、のたれ死ぬしかない」というところまで追い詰められます。そのとき、父親の訃報が届き、世之介は莫大《ばくだい》な遺産を相続することになりました。

この遺産は、現在の貨幣価値に換算するとおよそ五〇〇億円です。もし皆さんが突然五〇〇億円もの大金を手にしたら、いったい何に使うでしょうか。突然言われても答えられる人は少ないはずです。

これは意外と、難しい問題なのかもしれません。いつか五〇〇億円が手に入ったときのために、世之介がどう使ったのか参考にしてみましょう。まず彼は五〇〇億円もの遺産が手に入った直後、このように考えました。

早くこのカネを太夫に貢ぎたい。日頃の願いも叶えられるぞ。気に入った女を請け出せるし、名高い女郎は一人残らず買い占めだ。

（『池澤夏樹＝個人編集　日本文学全集11』所収、『好色一代男』河出書房新社、七五ページ）

彼は一つの誓いを立てました。「世のため、人のため、あるいは未来のためといった、人々の尊敬を勝ち得るようなお金の使い方はいっさいしない」と。残りの人生がおよそ三〇年間だとして、丸ごと自分の楽しみだけに五〇〇〇億円を使い果たそうと考えました。これは死んだ父への反抗であり、封建制度への抵抗という読み方もできます。

人間の欲望を追究した西鶴

ここからは、世之介が父親の遺産をどのように乱費していったかについて見ていきます。『好色一代男』は結局のところ、「いつ、どういう女と付き合って、どのような目に遭ったか」、そして「その放蕩にいくらかかったのか」をつぶさに描いた記録です。そこが面白くもあり、下らないとも言えます。

著者の井原西鶴は、一六四二（寛永一九）年に大坂・難波で生まれた浮世草子作者です。さすが商都・大坂で生まれ育った人間だけあって、お金についてはかなり熟知していました。もちろん大坂人全員が銭勘定に明るいわけではありませんが、大坂は一八世紀に世界で初めてコメの先物取引を行った経済の街だけに、算盤《そろばん》勘定に長《た》けた人が多いのは伝統と言えるでしょう。

西鶴は『好色一代男』で、人間の経済的欲望および性的欲望を熱心に追究し、ディテールを極めようとしました。現代の日本人は、年配層を中心に「お金の話を人前でするのは下品」という価値観が根強くあります。なぜ、お金にまつわる話をするのは品がないのか。それは金銭問題が、往々にして下ネタと結びついているからです。

金銭にまつわる問題は、人間の欲望と深く関わっています。その点において、経済学と文学は交差しているのです。経済学が人間の欲望の研究に通じるように、文学、特にこの『好色一代男』は人間が大金を持ったときにどのような行動を示すかという経済書として読むこともできます。

まず、莫大な遺産を受け取った世之介は、それまでハードルが高くて上がることのできなかった「京都のお茶屋」へ通い始めました。そこでナンバーワンの誉れ高い太夫、すなわちその遊郭で最も位の高い芸妓を身請けしたのです。

身請けというのは、芸妓・娼妓（公認の売春婦）などの身代金や前借り金を代わりに支払い、年季奉公の済まないうちに勤めから身を引かせて、自分の愛人にすることです。借金だけでなく、彼女を育ててきた人たちが費やした代金や、これから稼ぐであろう金額も払わなくてはなりません。その上で、彼女の今後の生活はすべて面倒をみるという契約を結ぶ。青年実業家が芸能人と結婚して、引退させるようなものです。

大金を手にした男が真っ先にやりたがることは何か。その一つが、酒池肉林です。美しい女性を自分のものにしたい。美女を傍らに置いて旨い食事といい酒をむさぼりたい。加えて、豪奢《ごうしゃ》な衣服に身をまとい、高級外車を乗り回す。現在でもにわかに金回りがよくなると真っ先にベンツを買い、銀座の高級クラブで豪遊するといった人は少なくありません。

とはいえ、酒池肉林にかかる費用というのは、意外と安いものです。例えばフェラーリや、映画『００７』シリーズの主人公ジェームズ・ボンドの愛車として知られるアストンマーティンは、一台あたり二〇〇〇万〜三〇〇〇万円程度です。

銀座のクラブに毎日通ったらどうでしょうか。現在の超高級クラブのお値段は、座っただけで一〇万円と言われています。長居して高級シャンパン「ルイ・ロデレール」のクリスタルあたりを空けたとしても、一本で三〇万円ほど。これだと、一晩で三〇〇万円とか四〇〇万円を使うのがせいぜいでしょう。豪遊と言っても、しょせんこの程度なのです。

さらに芸者の身請けにならって、気に入った女の子と定期的に会うために愛人契約を結んだとしましょう。月一〇〇万円の手当を払い、都内のマンションに住まわせるという契約を五人と結んだとします。

毎日豪遊し、愛人とも関係を続けるには、体力が必要です。高級ジムのメンバーとなり、さらには毎晩高級ワインとフレンチを食べていては胃がもたれるでしょうから、医療費も計上しておきます。

ここまでに挙げた「銀座通い」「愛人契約」加えて「健康維持費」らをすべて計上したらどのくらいになるか。その金額は一年間でわずか四億～五億円にしかなりません。それに対して、世之介が相続した遺産は五〇〇億でした。このような生活を毎年続けたとしても、お金を使い切るには一〇〇年ほどかかる計算になります。酒池肉林にいくら耽ったところで、五〇〇億円を使い切るには到底至らないことがわかっていただけたことでしょう。

それに、そうした散財はすぐに飽きてしまうものです。それでも誓いを立てた以上、世之介は途中でやめるわけにはいきませんでした。ただ、その内容は次第に行き当たりばったりになっていきます。気に入った女性が現れると家を建ててやるとか、芸者を引き連れて物見遊山に出る際に新しく駕籠《かご》をあつらえさせるといった程度です。

駕籠の中で話し相手がいないと淋しいだろうと、二人乗りの特別仕様の駕籠を新調したこともあります。また、お世話になっているお茶屋さんの従業員全員に、盆暮れの付け届けとして金箔入りの高級饅頭を贈るといった、馬鹿げた散財をひたすら続けました。

最終的に、世之介は生涯のうちに女性とは三七四二人、また男性とは七二五人と交わりました。そして、いよいよ六〇歳を前にしたとき、世之介はついに何事にも飽きてしまいます。

しかし、遺産はまだ使い切れていません。そこで彼は趣向を変えて、遊び仲間とつるんで豪華な船を仕立て、その船の中に食料から衣類から精力剤からエロ本から必要なものをすべて積み込みます。余ったお金はお世話になった人たちに適当にばら撒き、それでも残ってしまった分は燃やして、宣言通り遺産をゼロにして、女しかいないと言われている伝説の島・女護島《によごがしま》へと旅立っていきました。

こうして世之介の壮大かつ馬鹿げた人生は幕を閉じます。江戸時代の町人たちはこのファンタジーを庶民男性の夢として享受し、窮屈な毎日の溜飲を下げたのでした。

心中を様式美にまで高めた近松門左衛門

この井原西鶴と同時代に活躍した人物に、近松門左衛門がいます。一六五三（承応二）年に生まれた近松は、『曾根崎心中』をはじめとする浄瑠璃や歌舞伎の戯曲を続々と発表した、元禄文化を代表する作家です。

近松はシリアスな悲恋物を得意としていました。その舞台となったのは、西鶴同様やはり遊郭でした。作中、遊郭で客と遊女との間に恋が芽生えます。最初は駆け引きという恋愛ゲームを表面的に楽しんでいた二人ですが、いつしか本物の恋に落ちていきました。しかし、遊女は自由に結婚相手を選べる身分ではありません。それでも恋情の高まりはいかんともしがたく、この恋に命を懸けようと二人で遊郭を脱出します。

追手に捕まれば厳罰必至、だから死を覚悟しての出奔となるわけです。逃避行の結末は明らかで、二人に残された道は心中よりほかにありません。ここで死は二人にとって、辛い現実から共に逃れるための唯一の救済であり安らぎでした。

「もう心中するしかない」という境地に愛し合う二人を追い込んでいくための様式美を、近松は追求していきます。心中が様式美にまで高められると、死には崇高さすら漂うようになってくる。やがて、その崇高さに心を打たれた人々の中から自殺をする者も出てきました。自殺は心の伝染病みたいなもので、もともと死の欲動を抱え込んだ人は自分と似た境遇にあった自殺者に背中を押されるように後追い自殺したくなるものなのです。

自殺に関しては、一つの有名なエピソードがあります。一七七四年に、ゲーテがドイツ語で『若きウェルテルの悩み』を発表しました。これは多感な青年ウェルテルが許婚者のいる女性に恋をし、叶わぬ想いに絶望して自ら命を絶つまでの物語です。ゲーテが作品を発表するやいなや、ドイツのみならずヨーロッパ中で大ベストセラーとなりました。その結果、ウェルテルに後押しされた自殺者が急増してしまったのです。ナポレオンはヨーロッパへの進撃を開始したとき、自軍の兵士がこの本を読むのを禁じたという逸話が残っています。

自殺者が続出することからもわかるように、崇高な気分であれ厭世《えんせい》的な気分であれ、読み手の死への欲動を揺さぶるような作品には、ある種の毒が仕込まれています。この毒にあたった読者は、極端な場合、死に至ることさえある。小説以外にも有名なタレントなどが自殺し、その内容がセンセーショナルに報じられると、同じ方法を使った後追い自殺者が増える傾向があり、これには「ウェルテル効果」という名前が付けられています。

近松作品にしろ、西鶴の作品にしろ、あくまでもフィクションに過ぎません。しかも、

「遊郭」という素材からしてフィクショナルな世界を舞台に、物語が展開されています。ところが、そうやってつくられた物語は、現実から逃避するための有効な素材となり、時には現実を凌駕する力すら持ちうるのです。

西鶴と近松の作品は、ライトノベル？

井原西鶴と近松門左衛門の作品の特徴を、最後にもう一つ付け加えておきたいと思います。それは、いずれも大衆小説であり、基本的にエンタテインメント作品だったということです。

これを端的に示唆するものに挿絵があります。

例えば『好色一代男』の原版は木版で刷られていますが、各版に必ず挿絵が入っています。その描かれた絵を見ると、登場人物の描き分けがまったくできていません。にもかかわらず、「どの人物が主人公の世之介か」ということが確実にわかります。その理由は、世之介が常に同じ着物を身に着けているからです。

世之介と世之介以外の人物はほとんど同じ顔をしている（ように見える）のだけれど、世之介の着物だけはいつも同じなので、誰でも見分けがつきます。さらに、その章で世之介が何をしたかは、挿絵を見れば一目でわかるようになっているのです。

この手法と似たようなことをしているものに、現代のライトノベルがあります。ライトノベルには、これといった正式な定義というものはありません。しかし、概ねの合意というものが存在しており、例えば『ライトノベル完全読本』によると「表紙や挿絵にアニメ調のイラストを多用している若年層向けの小説」とあります。つまりライトノベルでは最初に、読者に向けてキャラクターのビジュアルが与えられているのです。活字によって刺激される想像力に、キャラクターのビジュアルが持つ魅力を混ぜ合わせながら、物語を読み進める。これがライトノベルの常識となっています。

このライトノベルの手法は、江戸期の西鶴や近松の物語世界に、その原型らしき形式が見られました。このように江戸の文学は、大衆の好みに沿ったビジュアルイメージを用いるなど、徹底的にエンタテインメントに徹していたという特徴があります。日本の娯楽小説は、ある意味この時期には完成していたと言ってもいいのかもしれません。

第三章　恐るべき漱石

自我と超自我の苦闘の歴史

この章から近代文学に入っていきます。最初に取り上げるのは、近代日本の代表的国民作家である夏目漱石です。

漱石は日本が日清戦争・日露戦争・第一次世界大戦という三つの戦争を経験した時代の作家でした。ゆえに漱石文学は、日本が西欧列強に追いつき追い越せと戦争に前のめりになっていた時代に、「インテリたちは、どのように知性を働かせたのか」ということの一つのモデルとなっています。つまり漱石の作品には、「知識人は国家の危機の時代にどのような態度を取るべきか」、あるいは「国家が危機を迎えたとき、知識人はどのような挫折を体験することになるのか」といった「自我の体系」が刻み込まれているのです。

いま申し上げた「自我の体系」とは基本的に自己認識のことで、これは「個々の人間が持つ精神的な背骨」と言い換えることができます。この「自我」は「超自我」と表裏一体です。「超自我」とは精神分析で有名なフロイトによって定義された概念で、自我に対して道徳的な監視や命令などを行うとされるものです。

この超自我をわかりやすく言うと「良心」に相当します。フロイトは超自我を道徳性の根源であり、道徳規範を命令する「良心」の役割を担っていると説明しました。あるいは、

「罪悪感」「神」「呪縛」などと置き換えることもできるでしょう。超自我は、制度や法、国家など個人を外側から守ったり、あるいは縛ったりする超越的な存在です。どのような人間も心の内で、「超自我」との何らかの関係を強いられています。人は超自我と折り合い、妥協することもあれば、時には戦いや挫折を強いられることもあるのです。

この「自我と超自我の苦闘」という構造は近代文学に限ったことではなく、文学全体の一つの基本構造でもあります。例えば世界的な影響力を持つ現代の人気作家・村上春樹の作品にも、超自我の存在が見え隠れしています。

春樹作品は、ただ単にブルジョワの思考や生活をスノビッシュに述べているだけではありません。春樹作品にとっての超自我の正体は「アメリカ」です。日米安保条約を核とする日米同盟にこの国が呪縛されている構図を、彼の作品から読み解くことができます。官僚や企業経営者、自民党の政治家などの「対米従属」ぶりと根は同じと言っていいでしょう。

自我を語る近代の作家は、超自我に対して常に敗北する運命にあります。そして、その敗北は必ず一つの屈折となって、作品世界に織り込まれていく。つまり、近代文学とは「インテリ作家たちの自我が、黒船来航以降の維新、戦争、敗戦、占領などの激動期に超自我と対峙《たいじ》したときの苦闘の記録」と言えます。その苦闘の記録をなぞり、追体験することが、近代文学を読むという営みです。フロイトは文芸評論家の側面を持っており、ギリシャ悲劇『オイディプス王』やグリム童話、シェイクスピア、ドストエフスキーなどの文学作品の解読を通じて、精神分析の理論を確立しました。日本近代文学を解読することはすなわち、日本人の精神分析をすることに直結します。現代を生きる我々は、近代知識人の苦悶《くもん》のプロセスを、読書を通じて辿《たど》り直すことによって、超自我に対峙しうる強固な自己を獲得できるのです。

近代文学はすでに終わったと言われて久しいですが、歴史は必ず反復します。だから、未来がどうなるのかを予測するためにも、近代文学者が何を考えてきたのかを踏まえておく必要があるのです。

創造的誤読のすすめ

まず取り上げる作品は、一九一四（大正三）年に東京・大阪の『朝日新聞』に連載された漱石の代表作の一つ『こころ』です。高校の教科書で取り上げられているので、ほとんどの日本人はこの作品についてある程度のことを知っています。多くの人に読まれるのはいいことでもありますが、学校で習うような一方的な解釈が広まってしまったという負の面があることも否定できません。

文学とは本来、道徳観という文脈の中で解釈するものではありません。学校で習った国語と文学は、基本的にまったくの別物です。私の書いた文章も大学の入試問題に使われることがありますが、送られてきた試験問題を自分で解いてみても、必ずしも正解するとは限りません。さらには他人が書いた文章を用いて、入試問題をつくった経験が私にもありますが、後日その問題を解こうとして間違えたことすらあります。

私がここで言いたいのは、「どんなテキストも誤読する自由がある」ということです。そうした前提の上で、もし誤読するのであれば「創造的誤読」をしていただきたい。この創造的誤読とはどのようなものなのか、「先生と私」「両親と私」「先生と遺書」の三部から構成される『こころ』を例に見ていきましょう。

『こころ』の内容を簡単に説明しておきますと、語り手である〈私〉と、仕事に就くことなく奥さんと二人で暮らしている〈先生〉とが師弟関係を結び始めるところから物語は幕を開けます。舞台は鎌倉の由比《ゆい》ヶ浜《はま》です。〈私〉が文明開化の産物としての海水浴にいそしんでいると、外国人と話している先生の姿が目に留まりました。

「外国人と親しげに英語で話しているなんてカッコイイ」と、〈私〉は先生に興味を持ち話しかけました。これをきっかけに二人は接近し、〈私〉は先生の自宅に通うようになります。〈私〉は先生と奥さん夫婦が暮らす家にたびたび顔を出すようになり、プライベートなことにも関与するようになりました。そんな矢先、〈私〉の父が危篤に陥ったので故郷に帰るのですが、その間に先生は自殺してしまうのでした。なぜ、先生は自殺したのか。その理由が、先生からの長大な手紙として残された〈私〉宛の遺書から明らかにされます。

その遺書に書かれていたのは、先生の若い頃の親友であったKという人間のことでした。先生とKはかつて同じ家に下宿しており、その家には若い娘である〈お嬢さん〉が住んでいました。先生は以前からこのお嬢さんが気になっていたのですが、Kからある日「お嬢さんに惚《ほ》れた」と打ち明けられます。焦った先生はKに自分の気持ちを告げることなくお嬢さんを口説いて、婚約しました。それを知ったKは、先生に何も告げることなく自殺してしまった——という暗い過去が遺書には綿々と綴られていたのでした。

『こころ』に描かれている人間関係を繙《ひもと》いていくと、様々な疑問が湧き上がってきます。文学史上に残る傑作だから疑問を抱いてはいけないという決まりは、もちろんありません。誤読の自由よりも前に、私たちには「突っ込みを入れる」自由があります。たとえ文豪の作品であっても、おかしいと思ったところは「そりゃないでしょう、漱石先生」と、どんどん指摘するべきでしょう。

突っ込みどころの一つ目は、なぜ自分とKの事情を明らかにした遺書を、最近知り合ったばかりの年下である〈私〉に遺《のこ》したのかということです。先生は、自分とKが奥さんをめぐる三角関係に悩んでいたことを生きているうちに打ち明けなかったのみならず、奥さんに何も相談せずに自殺しました。「これはおかしいだろう」という突っ込みが、とりわけ女性読者から出てくるはずです。

『こころ』の人間関係はこうなっています。過去には、先生とKと奥さんの三角関係がありました。一方で、先生と〈私〉と奥さんという三角関係が、現在にも存在します。昔から現在へと、三角関係が移行するかたちで物語が展開していくわけですが、奥さんは常にカヤの外に置かれている。これはなぜなのか、ということです。

こうした疑問（突っ込み）に対して蠱惑《こわく》的な答えを差し出すのが「誤読の自由」です。例えばその答えの一つは、「なぜなら、先生はKのことが好きだった」からです。

先生はKのことが本当は好きだった。だからKからお嬢さんを好きだと聞かされてショックを受けた。「なんてことを言うのだ。僕は君のことが大好きなのに、なぜ君はあの女を好きになってしまったのだ。だったら君の恋愛対象を奪ってやる。そうすれば君は永遠に僕のものになるはずだ」と考えた。一言で表せば、「先生はゲイだった」というわけです。

そう考えると先生が遺書を奥さんではなく、〈私〉に遺したのも腑《ふ》に落ちます。先生にとって〈私〉はKの代理だったわけです。つまり、「先生は〈私〉にも恋愛感情を抱いていた」ということになります。『こころ』を貫く三角関係を創造的に誤読すると、このように解釈できるのです。

Kとは誰なのか

もう一つの疑問（突っ込み）は単純なものです。その疑問とは「なぜ亡くなった親友がイニシャルで表記されているのか」ということです。普通に考えれば「名前で書けばいいじゃないか」と、読者から突っ込まれてもおかしくはありません。

カフカも登場人物の名前を、しばしばイニシャルで表記する作家でした。イニシャルで書かれると謎解きをしたくなるのが人の常です。では、Kとは果たして誰なのか。

文芸批評家には暇な御仁が多いのか、十数年前に「Kは誰か」論争が行われたことがあります。その時の論争で、説得力のあったものの一つが「北村透谷ではないか」という説です。文芸評論家で詩人の北村透谷は、一八六八（明治元）年に、神奈川で生まれました。自由民権運動に理想を見いだしたものの挫折し二五歳で自殺した、漱石と同時代の文学者です。夭折《ようせつ》した同時代人に対する漱石の負い目が、Kという人物に反映されているのではないかと考えられたのでした。

もう一つは、明治時代の社会主義者で、「大逆事件」の主犯とされて刑死した「幸徳秋水」という説です。大逆事件とは、一九一〇（明治四三）年に起こった社会主義者や無政府主義者らが検挙された事件で、夏目漱石はその幸徳を『それから』の中に登場させています。

平岡はそれから、幸徳秋水と云う社会主義の人を、政府がどんなに恐れているかと云う事を話した。幸徳秋水の家の前と後に巡査が二三人ずつ昼夜張番をしている。一時は天幕《テント》を張って、その中から覗《ねら》っていた。秋水が外出すると、巡査が後を付ける。万一見失いでもしようものなら非常な事件になる。今本郷に現われた、今神田へ来たと、それからそれへと電話が掛って東京市中大騒ぎである。新宿警察署では秋水一人の為に月々百円使っている。

（『それから』新潮文庫、二〇二～二〇三ページ）

漱石は、幸徳秋水を監視する権力の動きを「現代的滑稽の標本」と、主人公の代助に語らせています。北村透谷と幸徳秋水、二人ともイニシャルはKです。

Kが誰なのかという説は、もう一つあります。それはKとは「キング」、すなわち「明治天皇のことである」という、若干うがったところのある仮説です。漱石が『こころ』を執筆中、明治天皇が崩御し、乃木希典《まれすけ》が殉死するという事件が起こりました。先生もKの後を追うようにして自殺したので、これは明治天皇に殉死した乃木将軍の経験が反復されているという考え方が出てきたのです。

それから別の疑問として、「なぜ先生は、Kの自殺後一〇年経ってから自殺したのか」という、自殺時期に関する謎も存在します。Kの死に罪悪感を覚えていたならば、「一〇年も待つ必要はなかったのではないか」というわけです。

先生は自殺するまでの一〇年間、ほとんど何もしませんでした。あるいは「何もできなかった」と言ってもいいかもしれません。親の遺した財産によって呑気《のんき》に暮らしていける身分であったとはいえ、当時としては最高の教育を受けていながら、社会で働くことも本を書くことも教壇に立って教えることもしなかったのです。これはなぜなのか。

この疑問に対しては、政治学者の姜尚中《カンサンジュン》が面白い理論を展開しています。彼によれば、「先生の生き方は、一つの誠実さを追求した態度だ」と言うのです。

例えば大震災が起きると、自分が安穏と生きていることに罪悪感を抱く人が多数現れます。「ボランティアに行きたい。しかし、被災地は混乱していて、まだ受け付けていないという。では、どうしたらいいのか」と考えるからです。多くの人が亡くなり、また傷ついている中で、自分だけが楽しく生活をしていては不謹慎なのではないかという感受性は、強弱の差こそあれ理解できます。そして罪の意識を強く感じる人ほど、何もできないという状態に置かれてしまうのです。

こうした何もできない状態に置かれてしまった人は、往々にして「態度価値」を目指すことになります。態度価値とは、アウシュビッツ強制収容所での体験をもとにした『夜と霧』の著者として知られるヴィクトール・フランクルの用語です。「すべてを控え、自粛し、何もせず、何もできず、ただただ誠実でいよう」とする姿勢を表しています。

フランクルはアウシュビッツという最悪の状況の中にあっても、人間らしい尊厳のある態度を取り続けた人がいたことを体験しました。すべてを奪われたとしても、人間にはその運命を受け止める自由がある。そういった態度に価値を見いだそうとするのです。『こころ』はこの「態度価値」を描いた作品ではないかという読み方を、姜尚中はしています。

確かに、先生は何もしていません。先生と呼ばれているけれど教育者でもなく、罪を償うためのあらゆる行為を自ら禁じ、身動きがとれない状態の中にいます。その中で〈恋は罪悪ですよ〉とか、〈平生はみんな善人なんです、(略)それが、いざというまぎわに、急に悪人に変るんだから恐ろしいのです〉と、過去に対する罪の意識に苛まれ続けます。

誠実であることは、悪いことではありません。では、誠実であるためにあらゆる行為を自粛することに、どのような意味があるのでしょうか。誠実ではあるけれど何もできない先生を、どう評価したらよいのでしょうか。説得力のある創造的誤読をぜひ考えていただきたい。いずれにしろ『こころ』は、「エゴイズムの超克」などといった道徳的な解釈の枠組みの中に留まる作品では到底ありません。

漱石の写生文の特徴

ここからは個別の作品を離れて、漱石の小説に通底する原理について説明していきます。漱石の小説に共通するもの、それは「写生文」だということです。

写生文とは読んで字のごとく、「自然をありのままに写して書く」という、ある種の

「客観的描写」を意味します。もともとは正岡子規が俳句の世界で始めた概念ですが、漱石はそれを散文に応用したのです。

漱石はロンドンに留学する以前に、四国の松山で英語教師をしていました。その松山で過ごしていた頃、漱石は「愚陀佛庵《ぐだぶつあん》」と名づけた下宿で、子規と五〇日ほど同居生活をしていたのです。二人は第一高等中学の同窓生でした。漱石が一八九五（明治二八）年に松山へ赴任したすぐ後に、子規は肺病を患って入院します。そこで漱石は見舞いがてら、「小子近頃俳門に入らんと存候御閑暇の節は御高示を仰ぎたく候」という手紙を子規に送りました。要するに、「私に俳句を教えてほしい」と子規に依頼したのです。そのような経緯があり、子規は漱石の下宿先に居候するようになりました。

子規は居候先である漱石の下宿で、毎日のように地元の「松風会」のメンバーたちと句会を開きました。漱石もこの句会に加わり、これが後の漱石文学に大きな影響を与えたと言われています。ちなみに、下宿先に付けられた「愚陀佛」とは、漱石の俳号です。

正岡子規は、明治維新後に俳句の世界で革新運動を展開した俳人です。江戸時代から続いてきた俳諧を、言ってみれば風流な文人の嗜《たしな》みから、一般市民の楽しみへと解放しました。その際に打ち出したのが「写生文」という概念だったのです。子規は「それぞれの生活をありのままに記録しよう」と、生活観察記録としての俳句を数多く詠みました。その子規の「写生文」から、漱石は大きな影響を受けたのでした。

三人称による客観的描写を用いた小説は、一九世紀のフランスで完成したと言われています。三人称客観描写とは、例えば「伯爵夫人は午後三時にいつものように城を出て、馬車に乗り、夫との昨晩の会話を反芻《はんすう》しながら、友人の屋敷へと向かった」というような、語り手があらゆる事象を第三者目線で緻密に描いていくといったスタイルの文体です。日本の近代文学にも三人称客観描写はヨーロピアン・スタンダードとして入ってくるわけですが、漱石の「写生文」はこのスタイルとは若干立ち位置が異なります。

漱石が写生文について述べた定義の中で最も簡単なものは、「大人が子どもを見るがごとき態度で書く」ということです。これはどういうことか。簡単な例を挙げて説明しましょう。

例えば、遊園地で遊ぶ親子がいるとします。ジリジリと太陽が照りつける暑い日で、親は子どもにソフトクリームを買ってあげました。喜んだ子どもがソフトクリームを一口食べようとした瞬間、クリームが落ちてしまった。すると子どもは大声で泣き出しました。

このとき、泣いている子どもを見て「ああ、かわいいもんだな」とにっこり笑うのが写生文的な態度です。子どもと一緒になって泣くほど、子どもという対象に憑依《ひょうい》することもない。描こうとする対象との間に、つかず離れずの絶妙な距離を置く。批判的距離とでも言いましょうか、ある程度の距離感を保つのが「漱石の写生文」の特徴なのです。

対象との間に絶妙な距離を取ることを、漱石はデビュー作である『吾輩は猫である』から実践していました。捨て猫が「苦沙弥《くしゃみ》先生」に拾われて家猫になり、先生の家に往来する学生をはじめとする愉快な仲間たちの容態を観察していくわけですが、漱石は語り手に、学生でもなく、他の立場の人間でもなく、「猫」を使いました。人間たちの営みから距離を置くことで、より自由な視点を選択したのです。そうしたことは、以下のような文章からも伝わってきます。

死ぬのが万物の定業《じょうごう》で、生きていてもあんまり役に立たないなら、早く死ぬだけが賢こいかも知れない。諸先生の説に従えば人間の運命は自殺に帰するそうだ。油断をすると猫もそんな窮屈な世に生れなくてはならなくなる。恐るべき事だ。何だか気がくさくさして来た。三平君のビールでも飲んでちと景気を付けてやろう。

（『吾輩は猫である』新潮文庫、五四一ページ）

「この語り手であるところの猫は、漱石自身である」という解釈があり、私はこの説に大いに賛同します。近代文学が動き出して間もない時期に、猫の視点で小説を書くというのはなかなか実験的なことです。しかし、それでも漱石には、そうしなくてはならない必然性がありました。

「言語的三角関係」の渦中で苦しむ

先ほど『吾輩は猫である』の猫は、「捨て猫」から「家猫」に変わったと述べましたが、実は漱石も同様の経験をしていたのです。

漱石は一九〇〇（明治三三）年に、文部省より英語学博士候補というかたちでロンドンへ国費留学しています。明治三〇年代初め頃までの日本は、教育制度が整っていませんでした。だから、海外留学によってエリートを養成していたのです。工学なら英国、法学はフランス、医学や化学はドイツ、農学はアメリカという具合に専門によって留学先を振り分けていました。漱石の留学は国内の大学が官僚養成を担い出した頃です。同時期に森鷗外と北里柴三郎はベルリン大学で医学を学び、「味の素」の発明者として知られる化学者・池田菊苗《きくなえ》はライプツィヒ大学に留学しています。

イギリス文学を学ぶためにロンドンへ留学した漱石でしたが、精神的にたいへん苦しみ、一年ほどで強制帰国させられました。今の感覚で言えば「鬱病」だったのでしょう。このときの漱石は、極度の神経衰弱に陥っていたのです。

そして、漱石は何にそれほど悩んだかと言うと、やはり文学についてでした。『こころ』を解説するときに三角関係について説明しましたが、漱石はロンドンで「言語的三角関係」の渦中で苦しんでいたのです。

「言語的三角関係」とは何か——それは「漢文の世界」「大和言葉の世界」「英語文脈の世界」のトライアングルの中にあって、自我が引き裂かれるということです。

明治の文豪と称される漱石ですが、生まれたのは元号が明治に変わる一年前の一八六七（慶応三）年でした。まだ江戸の文化や伝統が残っている時期であり、漱石も幼少期から俳句や漢詩に親しんでいました。漱石は日本の古典文学や、『三国志』『史記』などの中国文学（漢文学）を基盤として、文学のイメージをつくり上げていたわけです。

しかし、留学でイギリス文学に触れるようになると、漱石は「自分がこれまで抱いてきた文学のイメージが、思い切り裏切られた」と混乱しました。イギリス文学の持つ概念が、中国文学や日本文学とあまりに違っていたのにショックを受け、心のバランスを崩してしまったのです。

国費での留学といっても、家賃を払って必要な英語の書籍を購入していたら、手元にお金はほとんど残りません。ギリギリの生活が続き、漱石の栄養状態はかなり酷《ひど》かったようです。留学中の日記を読むと、口に入れているのはビスケットと胃薬ばかりと書かれていました。彼は甘いものが好物でしたから、実際にこの二つだけで生きていたのかもしれませんが、粗食に耐えていく中で、いよいよ精神状態は悪化し、周囲の心配の声も大きくなっていきます。結果として、漱石は一九〇二（明治三五）年に文部省より緊急帰国を命じられました。このように、漱石はロンドン留学で、大きな挫折を経験したのです。

ただし漱石は、精神を病んだ自分を客観的に見つめるだけの冷静さを持っていました。彼は留学中に「自転車の練習」をしています。この自転車に乗れるようになるまでの七転八倒の記録を、漱石は自分を突き放しながら書いていたのです。大人になってから自転車の練習をすることほど、格好悪いことはありません。漱石は「自分を笑いものにする」、つまり精神的に追い詰められた自分を客観視するという視点を獲得し始めていたと言えるのです。自分を客観視する姿勢、これを別の言葉で表すとすれば「ユーモア」になるでしょう。

ユーモアの持つ効能

「ユーモアとは何か」と定義することはなかなか難しいのですが、フロイトはユーモアの例として一つのエピソードを紹介しています。

それは「絞首刑のユーモア」というものです。ある月曜日に、これから死刑を執行されようとしている死刑囚のもとに看守がやってきます。そして看守が一杯のお茶を振る舞ってくれると、死刑囚は「今週は幸先がいいぞ」と呟きました。ここで「クスッ」と笑った人は、ユーモアがわかる人です。

ジョークのどこが笑いどころなのかを解説するほど野暮なことはありませんが、あえて説明しましょう。この死刑囚は「これから処刑されてしまうのだから、今週なんてものはない」はずなのに、「今週は幸先がいいぞ」と自分が置かれた状況を反転してみせた。そこが笑いどころなのです。

死刑囚の立場としては、自分の命を公権力に奪われるという甚だ不愉快な事態に直面しています。それでも、死刑執行の宣告があれば従うより他にありません。そんなときに

「今週は幸先がいいぞ」と言うことで、一瞬だけ不愉快な立場を忘れることができ、その結果ほんの少しかもしれませんが気持ちが楽になる。これがユーモアの持つ効能です。

同様の例は他にもあります。江戸っ子は「宵越しの銭は持たねえ」とよく言いました。しかし、これは一種の負け惜しみです。下町に暮らす江戸っ子というのはおしなべて貧乏でした。だから正しくは、銭を「持たない」のではなく「持てない」となります。しかし、それを言っては身も蓋もありませんから、貧乏であるという不愉快な事実を一瞬忘れて、あたかも「自分はきっぷがよく、懐にある金は気前よく使ってしまう主義だ」と気取ってみせるわけです。これも、ある種のユーモア精神と言えるでしょう。

写生文もこれに似ていて、追い詰められている状況から抜け出すために、あえてその状況を突き放すことで客観化します。それによって、たとえほんの一瞬であっても――そして根本的な解決には至らなくとも――その状況から離れることで、精神の安定を取り戻すことができるのです。

ロンドン留学中に神経衰弱に陥った漱石は、苦境から脱却するきっかけを求めていました。写生文を書く姿勢は、漱石が自身の危機を乗り越えるために編み出した「セラピー」の一つとも言えます。先に私は写生文を漱石文学に通底する原理と言いました。その前提には、写生文を書くことが漱石の自己治癒のセラピーになり得たという背景があったのです。

『草枕』からわかる、漱石の芸術観・文学観

漱石はこのような姿勢に基づき、デビュー作『吾輩は猫である』を書きました。その後の諸作品も、多かれ少なかれ写生文の発展系と位置づけることができるでしょう。

例えば、漱石初期の名作と評される作品に『草枕』という小説があります。

山路《やまみち》を登りながら、こう考えた。
智《ち》に働けば角《かど》が立つ。情《じょう》に棹《さお》させば流される。意地を通せば窮屈だ。兎角《とかく》に人の世は住みにくい。
住みにくさが高《こう》じると、安い所へ引き越したくなる。どこへ越しても住みにくいと悟った時、詩が生れて、画《え》が出来る。
（『草枕』新潮文庫、五ページ）

有名な書き出しから始まる、美文で書かれた小説です。『草枕』の主人公である三〇歳

の画家は、絵を描くことに悩んでいました。海外文学に触れた漱石と同じように、日本の絵画、いわゆる文人画に携わっていた画家が、西洋絵画と出合ったことで「絵画とは何ぞや」という根本的な疑問に直面してしまったのです。

日本画と西洋画は、成り立ちからしてまったく異なります。だから、価値観が揺さぶられるのも当然のことで、悩みに悩んだ画家は気晴らしに熊本の温泉地へ出掛けました。

画家はその温泉地で、離婚して故郷に出戻っていた那美という女性と仲良くなります。そして、那美から「自分の画を描いてほしい」と頼まれました。このセンチメンタルジャーニーを通して、絵画とは何かがおぼろげながらわかってくる。そこには、漱石の芸術に対する考えを読み取ることができます。

余は画工《がこう》である。画工であればこそ趣味専門の男として、たとい人情世界に堕在するも、東西両隣りの没風流漢よりも高尚である。社会の一員として優に他を教育すべき地位に立っている。詩なきもの、画なきもの、芸術のたしなみなきものよりは、美くしき所作が出来る。人情世界にあって、美くしき所作は正である、義である、直《ちょく》である。正と義と直を行為の上に於て示すものは天下の公民の模範である。

（前掲書、一四八ページ）

この『草枕』という作品を一言で表すとすれば、「風流な小説」です。風流とは「世俗から離れて、詩歌・書画など趣味の道に遊ぶ」ことを言います。俗世間から距離を置き、自然や風景、浮世の出来事を眺める——そうすることで、渦中にいる人とは別の視点が生まれてくるのです。漱石は風流人を、このような「世間一般の感覚とは違ったものの見方ができる人」と捉えていました。そして、この語り手である「余」の意見は、漱石の文学に対する考え方として読み換えることも可能です。

都市のルポルタージュ

漱石作品の中ではやや地味ですが、『坑夫』と『彼岸過迄』という作品があります。この二作品から、漱石の対象への距離感について見ていきたいと思います。

『坑夫』は炭坑で働く青年が、地下深くに掘られた坑内に入っていき、命からがら戻ってくるという内容の作品です。物語は主人公である一九歳の青年が、恋愛関係のもつれから生きているのが嫌になり、着の身着のまま家出するところから始まります。

青年が行く当てもなく彷徨《さまよ》っていると、あるとき中年の男と出会う。その男から坑夫の働き口を勧められ、自暴自棄になっていた青年は半ば自殺するつもりで、炭坑で働くことを承知しました。

実は、この『坑夫』という作品には、モデルが実在します。つまり、この小説は漱石作品としては異色とも言える、実在の人物の体験をもとにしたルポルタージュ的な作品なのです。

一方、『彼岸過迄』は大学を卒業したものの働かずにフラフラしている男が、仕事を紹介してほしいと知り合いを訪ねるところから始まります。男は訪ねた先で、ある人物の尾行を依頼され、その結果いままでとは違った世界を見てしまう、といったお話です。『彼岸過迄』で主に語り手を務める敬太郎は〈自分はただ人間の研究者否《いな》人間の異常なる機関《からくり》が暗い闇夜《やみよ》に運転する有様を、驚嘆の念を以て眺めていたい〉（『彼岸過迄』新潮文庫）という一種の素人探偵です。最初、敬太郎は同じ下宿に暮らす森本という男の職業遍歴の聞き役になります。経験豊富で、よくも悪くも世間を知っている森本に影響され、敬太郎は職探しの名目で、人と会い、世間を彷徨い始めます。大学の友人の須永の紹介で、彼の叔父で実業家の田口に就職の斡旋を頼みに行く。この時点での敬太郎は、近現代文学の語り手や主役にありがちな「特性のない男」、もしくは「フリーター」です。

敬太郎が田口から依頼された仕事はある男を尾行し、その行動を報告することでした。だが、素人探偵はいっそ本人に直接会って話を聞いた方が早いと考えます。男は友人須永のもう一人の叔父で、田口の義理の弟に当たる松本といい、定職に就かず、「高等遊民」として暮らしていた。一緒にいた女は田口の娘の千代子でした。敬太郎は田口と松本という毛色の違う対照的な人物たちとの付き合いを通じ、〈幾分か己れの世間的経験が広くなった様な心持〉（前掲書）に至る。その後、語り手が敬太郎から須永や松本にスイッチして、千代子との結婚に踏み切れない須永の優柔不断や、千代子を愛しながら、避ける須永の屈折などが語られます。そして関西に一人旅に出た須永から近況報告の手紙が届き、うちに籠って逡巡《しゅんじゅん》する性格から世間に関心を抱くようになったことが明かされて、小説は不意に終わります。

どちらの作品もある種、つかず離れずの微妙な距離感を保ちながら、自分を含めた人間の立ち居振る舞いを描いていています。先にも説明しましたが、「漱石の写生文の語り手」と「ヨーロッパの三人称客観描写の語り手」とは、スタンスが多少異なります。三人称客観描写の語り手は、神のような固定した視点でもって、あまねく事象を俯瞰《ふかん》しますが、写生文の視点は対象と距離を取っているものの、時には大きく離れ、また時には相手に接近するのです。

つまり定点観測ではなく、フラフラしたカメラで眺める。この浮遊した感覚が写生文の特徴であり、面白さと言えます。

漱石はこの写生文的な浮遊する語りの手法を用いて、その後も続々と夫婦や兄弟といった家族を中心とした人間関係を捉えていきました。

事件らしい事件は何一つ起きませんが、ここには他人とのあいだで交わされる感情的交わりがあります。相手との関係や自分の過去から立ち上がってくる曖昧な感情をつぶさに観察しているのです。目的や利害、効率ばかり考えて関係を結ぶ現代の社交スタイルとは異なる、他人への向き合い方が見て取れます。じっくりと時間をかけ、その人物の表も裏も、善も悪も、欠点や弱点をも探り、愛すべき美点、学ぶべき経験を引き出そうとしているのです。同じような印象は、小津安二郎や成瀬巳喜男、溝口健二など戦前、戦後の日本映画からも感じ取れます。

新聞連載小説の始まり

漱石が作家生活を営んでいたのはたったの十一年間でした。小説家デビューが三八歳と遅かった上に、四九歳で亡くなっていますから、作家生活自体は本当に短かったのです。ただし、漱石は朝日新聞の嘱託社員として、新聞連載小説をほぼ休みなしに書き続けました。胃潰瘍で休まざるを得なくなった一時期を除いて勤勉に書き続けたお陰で、あれだけの数の作品を残すことができたのです。

讀賣新聞や朝日新聞、あるいは毎日新聞といった現在まで続く全国紙のほとんどが、明治期に創刊されました。新聞は鉄道や電線、牛鍋と同様、文明開化のアイコンでしたが、明治も一桁の時代のそれはまだ江戸時代の瓦版とさほど変わらず、「品川に幽霊現る」とか、「畑から小判出る」とか、「郵便箱は便所にあらず」といった巷《ちまた》の噂《うわさ》話や風説をそのまま掲載していました。新聞というのは学識ある人間が論説を書いたり、外国の情勢を分析したり、港に出入りする船の情報や、米の相場、広告まで幅広く扱い、無知蒙昧《もうまい》な民に道理を説いたり、官憲の横暴を告発したりする役割をも果たすものである、という認識はイギリス人ジャーナリストからもたらされたものです。黎明《れいめい》期の新聞が購読者を増やしていくと、次第に検閲が強化されるようになっていき、やがて報道規制がかけられ、新聞は政府の広報に堕落していきました。現在も日本の新聞は「政府の広報を任じている」と揶揄《やゆ》されますが、果たしてジャーナリズム精神は日本に根付いているのか、甚だ疑問です。

その新聞が購読者を増やすきっかけになったのは、戦勝報道でした。日清戦争・日露戦争・第一次世界大戦中、「帝国海軍、敵艦隊を撃破」といった報道が流れると、新聞の発行部数は飛躍的に伸びていきました。

そのようにして拡大路線を続けてきた新聞ですから、いよいよ戦争終結となると、部数拡大のための原動力を失うことになります。では、戦争が終わったときに新聞はどうしたか。そこで朝日新聞の主筆を務めた池辺三山が考えたのが、社会面の充実でした。

社会面とは、政治・経済・外交以外の記事を掲載するページのことです。社会面は謎めいた他人、怪しい隣人に対する読者の好奇心を満たすために日々、都市で生じる暴力や犯罪、謎めいた現象にスポットを当ててきました。刃傷沙汰《にんじょうざた》が起きたとか、変死体が発見されたとか、著名人が不祥事を起こしたとか、そういった下世話な話題が紙面の中心となります。漱石もそれを意識し、実際に起きた事件の報道と並列させるように都市生活者の心の闇を描き出しました。そこで、漱石が用いたのは東京を縦横に彷徨い歩く遊民の視点でした。現在なら、フリーランスの記者とか、世相ウオッチャーと呼ばれる人たちのスタンスに近いでしょう。

ちなみに三面記事とは、政治・経済を扱う一面と二面の次の第三面に掲載されていたことから、そのように呼ばれるようになりました。この頃の新聞は四ページであることが多く、人々の好奇心に訴えるような犯罪事件や事故などは第三面で取り扱われていたのです。社会面の充実とは、「こうしたセンセーショナルな事件を積極的に載せていこう」という戦略でした。しかし、当然ながら誰もが飛びつくようなネタが毎日転がっているはずはありません。そこで次なるアイデアとして捻《ひね》り出されたのが、新聞小説だったのです。

こうした成り立ちゆえに、ほとんどの新聞小説は社会面に載っていました。そして、社会面で報道されるような内容――家庭内の騒動や不和、または色恋沙汰などを載せていれば、読者はついてくるだろうと考えられたのです。

新聞小説＝ファミリーロマンスというのは一つの伝統と言っていいでしょう。日本の家族のあり方、家族内問題、あるいは結婚の形態や価値観といったライフスタイル、それらを映し出す鏡としての役割を新聞小説は担いました。そのため漱石も、写生文の方法論を使いながら、常に家族の行方、夫婦の行方を核とした人間関係を描いていくことになったのです。

文学は最も下世話な経済学

漱石文学のもう一つの特徴は、「経済」という補助線を入れて、人間関係を眺めていることです。例えば『道草』では、主人公のもとに養父がたびたび、金の無心をしにやってきます。主人公は自分が書いた本の印税を渡して、養父との縁を断ち切ろうとする、そんな場面が出てきます。

あるいは『それから』における、主人公・代助と友人・平岡、平岡の妻・三千代との三角関係にも、金銭が重要な要素として絡んでいます。もともと三千代に好意を抱いていた代助は、夫である平岡が仕事に失敗し、生活に困窮する三千代へ援助を申し出ます。それをきっかけに、三千代への気持ちに火がつき、ついには二人で生きていこうと決意するわけですが、親のお金で生活していた代助は勘当されてしまう、という物語です。

金銭が絡むと、人間関係は必ず変わります。ひとたび債権者と債務者という関係になると、仲の良い友人同士であっても、貸している方は自覚がなくとも尊大になり、借りている方は卑屈になる。お金の貸し借り一つで人間関係は変化してしまうのです。漱石は経済というフィルターを通して人間関係を眺めることで、それを描き出しました。

当然ながら、文学には「どうすれば金儲けができるか」といったノウハウを得ることなど期待できません。しかし、文学は「なぜ人はお金をほしがるのか」「お金の貸し借りが人間関係にどのような影響を及ぼすのか」といった経済活動の心理的部分を分析し、詳《つまび》らかにします。経済を理解するには、経済の理論書だけでは十分ではありません。むしろ人間の泥臭い本質に焦点を当てる文学にこそ、経済活動を理解するヒントが隠されているのです。文学は最も下世話な経済学だと言えます。逆に文学を知らない経済学者は単に理論に忠実なだけで、確実に経済の実態を見誤るでしょうから、そういう人の勧める株は買わないに越したことはありません。

第四章　俗語革命——一葉と民主化

「論理中心の男性の世界」と「情緒中心の女性の世界」

この章では、近代文学において漱石以外の作家がどのような仕事をしてきたのかについて論じていきたいと思います。中心的に取り上げるのは、「少女文学の元祖」と言える樋口一葉です。

昨今は、「男性が書こうが女性が書こうが、文学は等しく文学である」という平等意識が強くなり、女流作家という表現を使わなくなりました。普通に考えてみれば、女性をことさら強調する必要などありません。なぜなら、過去に遡れば、日本の文学史を支えてきた男女比率は、ほぼ拮抗《きっこう》しているからです。

第一章で述べた通り、日本文学に通底する伝統を「色好み」という概念で総括するならば、その筆頭に立つのは『源氏物語』です。『源氏物語』は、平安時代に宮廷で勤務する女官によって書かれました。同時代の男性が漢文をベースに、極めて論理的な文章を書いていたのに対し、女性たちは繊細な情緒でものを眺め、仮名文字で物語を紡いでいったのです。日本文学の歴史には、「論理中心の男性の世界」と「情緒中心の女性の世界」という、二つの対比的な流れがあったと言えます。

例えば『源氏物語』と同時代の文学に、有名な「春はあけぼの」から始まる『枕草子』

がありました。この作品は、紫式部と同じく女官であった清少納言によって書かれた随筆で、今風に言えば「ガールズトーク」から生まれたような文学です。感度の高い女子たちが集まっては、あれこれ喋《しゃべ》っている。その中心に、清少納言というセンスの良い女性がいて、話題にのぼったことを「イケてる」か「イケてない」かで振り分けていく。そこに論理は必要なく、あるのは感性のみです。

清少納言という、言わばファッションリーダーが「ステキ！」と思えばそれでいい。その一言が、女子たちの共感を広げていくわけです。

このガールズトークで展開される話題の一つに、「自然観」があります。電気もガスも水道もない時代、人々は夜の暗さや星のまたたき、月の輝きや虫の声といった自然の営みを非常に敏感に捉え、それらに自分たちの情緒を重ね合わせていきました。清少納言はそういった人々の心の動きを実に繊細に、そして感受性豊かにすくいとっていったのです。

このような「もののあわれ」という言葉で表現される情緒を、美しくあるいはセンスの良い言葉で定着させる文学は、その後も女性たちによって書かれ、脈々と受け継がれてきました。どの時代にも代表的な作家はいますが、近代文学において避けて通れない存在、それが樋口一葉です。

樋口一葉という作家は、二四歳という若さで亡くなっています。執筆活動を行ったのはほんの四～五年です。その短い期間に書かれた彼女の作品は雅俗《がぞく》折衷体で書かれています。雅俗折衷体というのは、文語を基本にしながら、そこへたくさんの口語を交えて書かれた文体のことです。現代人が読むには若干ハードルが高く感じられますが、それを一度乗り越えれば、身につまされるような彼女の描く作品世界に共感するに違いありません。

日本語はいつ生まれたか

樋口一葉の作品世界に入る前に、まずは一葉がどういう時代を生き、執筆活動を行っていたのかを説明していきましょう。

彼女と同時代の代表的な作家に、二葉亭四迷がいます。文学史的には「言文一致運動の創始者」と言われている人物です。彼のエポックメイキングな作品が『浮雲』で、これは日本で初めて言文一致体で書かれた小説だと、文学史的には受け止められています。

内容は何のことはない、「駆け出しの下級公務員の男が失恋して、リストラされる」という、ありきたりなお話です。とはいえ、失恋と就職とリストラは時代を超えた普遍的なテーマでもあります。その普遍的な物語を「あたかも自分のことのように感じて読んでもらいたい」、そのために採用されたのが言文一致という文体でした。リストラ話も文語体や美文調で書かれたら、格調の高い文学作品になるのかもしれませんが、読者の共感を呼ぶのは難しい。しかし日常生活で用いられる口語体であればこそ、内容が内容だけに「ああ、ここには自分の人生が書かれている」と、作品への感情移入が期待できるわけです。

ただ、言文一致運動草創期は試行錯誤の時期ですから、『浮雲』も前半と後半で文体が違っているなど、必ずしも成功しているとは言えません。それでも「俗語革命」と言うべき試みはここから始まり、日常のコミュニケーションに使われる日本語を創作に用いる傾向は急速に広がっていきました。

もちろん、この時期は森鷗外のように文語体で書く作家も、まだまだ数多くいました。だから、二葉亭や鷗外、そして一葉が活躍したこの明治中期は、それぞれの俗語革命があったと考えてください。この時期は、個々の作家が各々の言文一致体を模索していたのです。

ちなみに、日本語の「標準語」がつくられたのも、ちょうどこの頃でした。標準語というのは明治維新によって生まれました。それまでは、各地域で異なる言葉が存在していて、例えば青森の人と沖縄の人が会話したら、ほとんど話が通じないという状態でした。明治維新によって標準語がつくられた結果、各地域の言葉は別言語ではなく、日本語の中の「方言」として認識されるようになりました。

言文一致を目指した日本の近代文学が用いる口語体も、この標準語をベースとしたものでした。近代文学は、整備された標準語の地位を押し上げるために一役買っていました。傑作が書かれて、多くの国民が読むようになれば、作品で使われている言語の価値は高まっていくからです。

一方、時期は異なりますが、ヨーロッパではこれと反対のことが起こっています。フランス語、イタリア語、スペイン語、ポルトガル語、ルーマニア語、これらのルーツはすべてラテン語です。ラテン語が「雅語」、つまり正しいとされる優雅な言葉であり、それ以外のフランス語やイタリア語は「俗語」、言わば地域ごとの方言に過ぎないものだったのです。

ところが近代国家が成立し、国ごとに文法を整備したことで、それぞれの言葉は独立した言語として見なされるようになりました。

「言語の統一」は、近代化の条件の一つになります。残りの条件は「宗教の統一」と「貨幣の統一」――この三つの統一によって国民の共通意識が醸成され、近代国家は強固なものになっていくのです。

標準語を設定するためには、文法を整備しなければなりません。文法がきちんと定められていれば、誰もが学べる、あるいは誰もが教えられる言語となります。つまり、外国人であっても、トレーニングを受けさえすれば、日本語の教師になることもできるのです。「言葉を他者にスムーズに教えられる形態にする」こと、これが近代化の言語的条件です。そしてこの標準語は、学校教育や公共放送を通じて、国民に浸透していきます。

一三世紀の終わりから一四世紀初頭に活躍した詩人のダンテは『神曲』をトスカーナ語で書きました。これは、当時としては画期的なことでした。なぜなら、ヨーロッパでは一八世紀前半までは、詩人であれ哲学者であれ、著作に使う言語は基本的にラテン語だったからです。当時は雅語であるラテン語で書いた作品でなければ、学術的にも思想的にも認められないという常識がありました。

では、なぜダンテは『神曲』を、通常のラテン語ではなくトスカーナ語で書いたのか。それは愛する永遠の恋人、そのときはすでに人妻となってしまっていたベアトリーチェに何としても読んでほしかったからです。ダンテは、彼女が読めない言葉で書いても意味はないと考えました。

トスカーナ語とは現在のイタリア語に近い言語で、当時は俗語（方言）でした。ラテン語が政治・経済・哲学・学問で使う「公の言語」であるのに対して、トスカーナ語は日常生活において使われている言語でした。

結果的に『神曲』はイタリアで広く読まれ、トスカーナ語は現代イタリア語の基礎となりました。先ほど「トスカーナ語は現在のイタリア語に近い言語」と述べましたが、より正しく表現するなら「トスカーナ語がイタリア語に発展した」のです。

一方、スペインでは世界に権勢を誇った大航海時代（一五世紀〜一七世紀前半）、カスティーリャ王国を起点に言語的・宗教的アイデンティティを確立しようという動きが広がり、これがスペイン王国の中核となっていきます。またフランスでは、フランス革命後に成立した共和国政府により、フランス語文法が整備されていきました。日本語の言語整備が行われたのは明治維新によってですから、ヨーロッパと比べると、かなり遅れていたことになります。

樋口一葉の登場は文学史上の奇跡

ここから樋口一葉について詳しく述べていきます。

まず、これまで解説してきましたように、一葉が活動した時代は、様々な作家が個人的な試行錯誤を通じて新たな小説言語を生み出していこうとしていました。そうした中、一葉はどのような文体で小説を書いたのでしょうか。

彼女の文章は、基本的には文語体です。しかし、他の男性作家たちと比べ、非常に自然かつ軽やかな文章で小説を書いていました。このことは、彼女の作品を音読してみるとよくわかります。一葉の書く物語とよく合ったスタイルで、まったく古風な印象を受けません。

さらに一葉の文章の特徴として、一文がとてつもなく長いことが挙げられます。しかも、その長い一文の中で、視点が何度も転換しているのです。「ああでもない、こうでもない」と女性のお喋りのような文章がつらつらと続いた直後に、極めて知的な一節が挿入される。まさに自由自在な語り口で、物語が進んでいきます。近代小説の黎明期に、他の誰とも違う自然体で流れるようなスタイルをつくり出した夭折の作家・樋口一葉の出現は、文学史上の奇跡と言えるでしょう。

私がどれほど美辞麗句で褒め称えたところで、「一読に如かず」です。まずは、一葉の原文を紹介してから、解説していきましょう。引用するのは、『大つごもり』という作品です。

「大つごもり」とは大晦日のことで、物語は薄幸の少女お峰の女中生活を通じての哀感を描いています。山村家で奉公しているお峰は、親戚が正月を越すお金がないというので自分が前借りして貸してあげたいと思いました。けれど、山村家はケチなので、給料を前借りさせてくれません。

それでつい、引き出しの中に入っていたお金に手を出してしまいました。果たして奥さんが、お金がなくなっていることに気づいて、お峰は絶体絶命のピンチに陥ります。するとその時、親に勘当されている山村家のドラ息子が身代わりになってくれたのです。お陰で彼女が罪を問われることはありませんでした。『大つごもり』とは、そのような美しい人情話を描いています。その冒頭の「一文」が以下の文章です。


井戸は車にて綱の長さ十二尋《ひろ》、勝手は北向きにて師走《しはす》の空のから風ひゆうひゆうと吹ぬきの寒さ、おお堪えがたと竈《かまど》の前に火なぶりの一分《ぶん》は一時《じ》にのびて、割木ほどの事も大台にして叱《しか》りとばさるる婢女《はした》の身つらや、はじめ受宿《うけやど》の老嫗《おば》さまが言葉には御子様がたは男女《なんによ》六人、なれども常住家内《うち》にお出《いで》あそばすは御総領と末お二人、少し御《ご》新造《しんぞ》は機嫌かいなれど、目色顔色《かほいろ》を呑《の》みこんでしまへば大した事もなく、結句おだてに乗る質《たち》なれば、御前《おまへ》の出様一つで半襟《はんゑり》半がけ前垂《まへだれ》の紐《ひも》にも事は欠くまじ、御身代は町内第一にて、その代り吝《しは》き事も二とは下《さが》らねど、よき事には大旦那《おほだんな》が甘い方《はう》ゆゑ、少しのほまちは無き事も有るまじ、厭《い》やに成つたら私の所《とこ》まで端書《はがき》一枚、こまかき事は入らず、他所《よそ》の口を探せとならば足は惜しまじ、何《いづ》れ奉公の秘伝は裏表と言ふて聞かされて、さても恐ろしき事を言ふ人と思へど、何も我が心一つで又この人のお世話には成るまじ、勤め大事に骨さへ折らば御気に入らぬ事も無き筈《はづ》と定めて、かかる鬼の主《しゆう》をも持つぞかし、目見えの済みて三日の後《のち》、七歳《ななつ》になる嬢さま踊りのさらひに午後よりとある、その支度は朝湯にみがき上げてと霜氷る暁、あたたかき寝床の中《うち》より御新造灰吹きをたたきて、これこれと、此詞《これ》が目覚しの時計より胸にひびきて、三言とは呼ばれもせず帯より先に襷《たすき》がけの甲斐々々《かひがひ》しく、井戸端に出《いづ》れば月かげ流しに残りて、肌《はだへ》を刺すやうな風の寒さに夢を忘れぬ、風呂は据風呂《すゑふろ》にて大きからねど、二つの手桶《てをけ》に溢《あふ》るるほど汲《く》みて、十三は入れねば成らず、大汗に成りて運びけるうち、輪《りん》宝《ぼう》のすがりし曲《ゆが》み歯の水ばき下駄《げた》、前鼻緒のゆるゆるに成りて、指を浮かさねば他愛《たわい》の無きやう成《なり》し、その下駄にて重き物を持ちたれば足もと覚束《おぼつか》なくて流し元の氷にすべり、あれと言ふ間もなく横にころべば井戸がはにて向ふ臑《ずね》したたかに打ちて、可愛《かわい》や雪はづかしき膚《はだ》に紫の生々しくなりぬ、手桶をも其処《そこ》に投出《なげいだ》して一つは満足成しが一つは底ぬけに成りけり、此《これ》桶の価《あたゑ》なにほどか知らねど、身代これが為《ため》につぶれるかの様に御新造の額際《ひたへぎは》に青筋おそろしく、朝飯《あさはん》のお給仕より睨《にら》まれて、その日一日物も仰《おほ》せられず、一日おいてよりは箸《はし》の上げ下《おろ》しに、この家《や》の品は無代《ただ》では出来ぬ、主《しゆう》の物とて粗末に思ふたら罰《ばち》が当るぞえと明け暮れの談義、来る人毎《ごと》に告げられて若き心には恥かしく、その後《ご》は物ごとに念を入れて、遂《つ》ひに麁想《そさう》をせぬやうに成りぬ、世間に下女つかふ人も多けれど、山村《やまむら》ほど下女の替る家は有るまじ、月に二人は平常《つね》の事、三日四日に帰りしもあれば一夜居て逃出《にげいで》しもあらん、開闢《かいびやく》以来を尋ねたらば折る指にあの内儀《かみ》さまが袖口《そでぐち》おもはるる、思へばお峯《みね》は辛棒もの、あれに酷《むご》く当《あたつ》たらば天罰《てんばつ》たちどころに、この後《ご》は東京広しといへども、山村の下女に成る物はあるまじ、感心なもの、美事《みごと》の心がけと賞《ほ》めるもあれば、第一容貌《きりよう》が申分なしだと、男は直《じ》きにこれを言ひけり。

（『にごりえ・たけくらべ』新潮文庫、一三二〜一三四ページ）

ここまでが一文になります。朗読したら、窒息するほど長い一文ではありますが、非常にリズムが良く、言葉の中に秘められた音楽性が浮かび上がってくるような見事な仕上がりです。
私はこの原文を現代語に訳していますので、内容をより理解いただくために、それを以下に記しておきます。

井戸は滑車つきで、綱の長さが二十二メートル、台所は北向きで、師走のからっ風がひゅうひゅう吹き抜け、あんまり寒くて、カマドの火加減見ながら暖を取れば取ったで、ずっとそうしていたわけでもないのに、一分が一時間になり、木片が大木になり、叱りとばされるんだわ、婢女《はしため》っていうのはね、私をここに紹介した婆さんがいうには、子供は男女合せて六人、いつも家にいるのは長男と末っ子の二人だけ、奥さんはちょっと気まぐれな人だが、要領さえよければどうってことはなく、つまりはおだてにのりやすい性質《たち》なので、あんたの出方ひとつで融通も効く、財産は町内一、その代わりケチでも町内一、幸い大旦那が甘いから、多少臨時の小遣いももらえるだろう、勤めが嫌になったら、私に葉書を一枚出しなさい、タラタラ書くことはない、別の働き口を探して欲しけりゃ、そうしてやるし、どのみちサービス業のコツは表と裏の使い分けだよ、というわけで、この人わかってるわと思ったけど、要は心の持ち方ひとつだし、またこの婆さんの世話にはなりたくないし、働くってことが大事なんだと思って努力すれば、気にも入られるだろうと覚悟を決めて、こんな鬼みたいな主人に仕えることになっちゃった、そう、最初に会ってから三日後、七歳になるお嬢ちゃんの踊りのおさらいが午後にあって、その支度で朝湯をわかして、磨いとけというんいつけ、霜の立つ明け方に、奥さんが暖かい寝床の中から灰吹きをたたいて、ほらほらと呼ぶもんだから、目覚まし時計が鳴るよりびっくりして、二言目には帯を締めるより早くきびきびとたすきなんてかけたりして、井戸端に出てみれば、まだ月の光が流しに映っていて、肌を刺すような風の冷たさにさっきまでの夢見心地なんて吹き飛んじゃった、風呂は作りつけで大きくはないけど、いっぱいにするには、二つの手桶にあふれるほど水を汲んで十三回は入れなくちゃいけない、この寒いのに汗だくになって運んでるうち、歯がゆがんだ水仕事用の下駄の鼻緒がズルズルになって、指を浮かさないと履けなくなっちゃって、その下駄で重いものを持ったもんだから、足元がふらついて、流しの氷に足を滑らせて、すってんころりん、横に転んで、井戸の側面で向こうずねをいやっていうほどぶつけちゃった、なんてざま、雪も妬む白い肌に紫のあざが生々しくついちゃった、おまけに転んだ拍子に手桶を投げ出し、一つは無事だったけど、一つは底抜けになっちゃった、桶はいくらしたのか知らないけど、財産を失ったみたいな調子で奥さんは額に青筋を立てるわ、朝食の給仕の時もこっちを睨むわ、その日一日黙り通して、一日経ってからせこく、この家の品はタダではできません、主人の物だからといって粗末に扱っては罰が当りますよ、と説教されたうえ、来る客来る客にきのうの失敗を話すもんだから、乙女心は傷ついちゃって、何をするにも念を入れなくちゃと思ったら、失敗もなくなったわけ、世間には女をこき使う人は多いけれども、山村家ほど女が入れ替わる家もないだろう、月に二人はあたりまえ、三、四日で帰った者もいれば、一晩で逃げ出した者もいるだろう、女を使い始めてからの数を数えたら、折る指にあのかみさんの袖口もすり切れちまうだろうよ、それを思えばお峰は頑張り屋だ、あの子にひどい仕打ちをしたら、たちどころに天罰が下って、今後東京広しといえども、山村家で働く女はいなくなる、感心なもんだ、見事な心がけだ、と私を賞める人もいたけれど、男は大抵、それに美人だからということなし、といった。

（島田雅彦訳『現代語訳　樋口一葉「大つごもり他」』河出書房新社、六〜九ページ）

これほど息が長く、かつ小気味良いリズムを刻む文章を書く作家は稀有です。何より一葉が凄いのは、「焦点」移動を頻繁に、かつスムーズに行っている点です。

小説は普通、一人称もしくは三人称の視点で書かれています。誰の目線から見た光景なのかによって、文章の焦点が変わってくるわけです。そして、たいていの小説は一人称・三人称にかかわらず、一文につき一焦点といった視点で書かれています。

例えば三人称客観描写の場合だと、「主語になっている人物」＝「焦点が当てられている人物」となっています。だから他の人物に焦点を当てたいときは、いったん文章を終わらせ、書き手は別の文章を起こさなくてはなりません。「主語一つに対して述語が一つ」というのが一般的なのですが、一葉の文章はこの法則にまったく当てはまらないのです。

先ほど引用した冒頭の一文を振り返ると、お峰という女中の意識の中の話から始まったと思ったらすぐに時制が変わり、今度は山村家を紹介してくれたばあさんに焦点が当たります。そうかと思えば、次は山村家の口うるさい奥さんに、さらには旦那さんへと移り、最後は、「お峰は感心者だよね、よくやっているよね」という世評、言わば近所の人々の噂話に焦点が移って終わるのです。近代文学史において、一文の中でこれほど視点を変化させながら文章を破綻させないという高等テクニックを駆使する作家を、私は一葉の他に知りません。

こうした複雑な焦点移動は、古今の文学手法をかなり意識的に駆使しなければできない芸当です。学歴差別をする意図はまったくありませんが、大学はおろか高校も中学も出ていないような小学校卒の女性がこれをやってのけたという事実を、ここでは強調しておきたいと思います。

実際問題、明治初期の女性の地位は江戸時代からの流れの中にあって、よほどの家のお嬢様でない限り、高等教育を受ける機会はほとんどありませんでした。そのような時代でしたので、これほどの知性を備えた一葉の出現は、まさに奇跡的としか言いようがありません。

虐げられる側の視点に立って書く

では、樋口一葉はどのような環境で育った女性だったのでしょうか。

一葉は、一八七二（明治五）年に、新政府の職に就いていた父親の次女として生まれました。一葉は教育熱心だった父のお陰で、士族の子女たちが通う私塾に通わせてもらっています。そこで『源氏物語』などの古典、和歌の素養も身に着けました。抜群の才女だったようです。

ただ、一七歳のときに父親が亡くなったので、女たちだけで生活費を稼がなければならず、暮らしはギリギリでした。一葉の一家は、東京の芝や本郷あたりの長屋を転々とした後、吉原近くに移って子ども相手の駄菓子屋を始めたり、母や妹が針仕事をしたりして生活していました。

貧乏長屋で暮らしていた一葉は、貧しい人たちが何を考え、どのような暮らしを送っているのかをつぶさに観察することができました。このような特殊な環境が、彼女の作品世界を風通しのいいものにした要因の一つだと考えられます。

明治期は貧富の差が激しい時代で、たいていの人は自分が所属する階級しか見えていませんでした。上流階級は上流階級と付き合い、下々のことなど知ろうとも思いません。逆もしかりで、下々の者は金持ちがどのような生活をしているのか、想像力さえ働かないような人生を送っていました。

例えば夏目漱石も森鷗外も、一葉と比べたら格段にエリートでした。だから彼らは、エリートの側の世界しか基本的には見ていません。当時、エリートの構成員は男性でしたから、漱石作品は「女性たちが何を考え、どういうリアリティの中で生きているのか」について、ある時期までほとんど関心を払っていませんでした。「漱石は女心がわからない」という批判を受けて、最晩年になりようやく女性たちの本音をすくい上げるような小説『明暗』を書いたのです。その時代としては珍しく複数の階級の人々と交流できる環境が一葉に与えた影響は、計り知れないほど大きなものだったと考えられます。

実際、一葉が残した作品は短編ばかりですが、どれも登場する人物の階級が幅広く描かれていました。先に紹介した『大つごもり』は、ある家族に雇われている女中の話でしたし、有名な『たけくらべ』は貧乏長屋に暮らす女の子の、幼馴染みとの切ない恋の物語です。また、明治政府の高級官僚のもとに嫁いだものの、子どもが生まれたとたんに夫が冷たくなったという女性の哀しさや、下層の庶民の貧しさを描いた小説『十三夜』など、一葉の観察の目は社会の様々なところにまで行き届いています。

男性中心の時代において、虐げられる側の人間の視点に立って書かれた一葉の作品群は、文学史上、特異な輝きを放っています。彼女は一連の創作を通じて、図らずも日本社会の民主化を実現してしまったのでした。男たちが自由民権運動というかたちで、政治談義をやっているあいだに、一葉は女性や子ども、貧乏長屋の住人、芸者たちの思いや行動を鮮やかに描き、少なくとも小説の中では、彼らを解放したのです。

もう一つ、樋口一葉がユニークだったのは、原稿料で生計を立てようとした点です。明治初期の段階では、文筆業は職業としてほとんど定着していませんでした。だから漱石が大学での教職を辞して専業作家になったとき、多くの人は驚きました。当時は小説家なんてヤクザな稼業と思われていて、大学の先生の方がよほど尊敬されている時代でした。

だから、「原稿料収入を当てにして暮らす」なんてことは、卑しいことだと考えられていました。とはいえ一葉の場合は貧しい生活を送っていましたので、背に腹は替えられません。駄菓子屋経営など、それほど儲かるはずもなく、そのような中で原稿料が生活の足しになったことは確かです。

一葉は、明治期の小説家で歌人の三宅花圃《かほ》と同じ「萩の舎《や》」に通っていました。「萩の舎」とは、名家の令嬢たちが多数通っていた和歌と書を教える私塾です。

三宅花圃は女性が書いた初の近代小説である『藪《やぶ》の鶯《うぐいす》』を、一八八八（明治二一）年に出版して話題となりました。花圃の成功によって、若い女性が積極的に小説家を目指すようになると、苦しい生活を送っていた一葉もまた小説家として生きていきたいと考えたのです。

生前は苦労が絶えず若くして亡くなった一葉ですが、作品は後世まで残り、多くの読者に読み継がれました。これほど多くの作品を読むことができるのは、一葉にとっても読者にとっても幸せなことですが、これは一葉の二歳下の妹・邦子が尽力したお陰でした。

一葉の著作は、残された日記も文学的価値が高いと言われています。しかし、一葉は亡くなったときに、「日記は焼き捨てよ」という内容の遺言を言いていました。日記が残っているのは、邦子が遺言に背いたからです。また、邦子は姉の残した原稿や小説の草稿を大事に保管し、それらを本として出版してもらえるよう、熱心に交渉しました。

樋口一葉に関する研究は、近代作家の中でも質・量ともに突出していますが、それは邦子という存在があったからです。一葉にとって邦子は、有能な編集者と言える存在だったのかもしれません。

現代小説に見る、一葉との類似点

近年、文学新人賞に応募してくる作品を読んでいると、「これは樋口一葉のリメイクっぽいな」と感じることが多々あります。その理由は、最近の若い人たちが送ってくる作品の多くが、フリーターを主人公にした物語だからです。現代文学の傾向として、劣悪な環境で働く人間が紆余《うよ》曲折の末に幸せをつかむといった内容の物語が、繰り返し生み出されています。

一葉が描く女中奉公をしている女性は、現代に置き換えればブラック企業で働く派遣労働者と言えるでしょう。厳しい労働環境で働かざるを得ない人々の現実や、そこで感じる喜びや悲しみの物語が、現代に受け継がれているように私には感じられるのです。

こうした現代にも通じる社会性を持っていると同時に、一葉の小説にはこの章の最初に述べた「ガールズトーク」の趣きもあります。友人同士で繰り広げられる尽きることのないお喋り——話題があっちへ飛んでは、こっちへ戻ってきて、あっという間に二〜三時間が経過してしまう。そのような女の子の会話に通じるところがあります。これが一葉を「少女文学の元祖」と呼んだ所以です。

このようなガールズトーク的な文学は、現代に至るまで脈々と書き継がれていますが、一葉ほど一流の文学にまで昇華させた例はほとんどありません。そうしたジャンルの稀有な例として一葉の作品を読むと、新しい発見や驚きがあると思います。

第五章　エロス全開——スケベの栄光

谷崎文学の変遷を辿る

約一〇〇〇年前に書かれた『源氏物語』に見られる「色好み」を二〇世紀において最も体現した作家と言えば、間違いなく谷崎潤一郎です。この章では谷崎文学の魅力に迫りたいと思います。

まず、谷崎は非常に長命の作家でした。前章で述べた樋口一葉をはじめ、北村透谷や石川啄木などの作家は、二〇代で亡くなっています。芥川龍之介や太宰治のように頑張っても三〇代で、四〇代まで生きたら御の字と言いたくなるような近代日本の文学者の中で、谷崎は七九歳まで生きました。その結果として、谷崎は川端康成と並んで、日本文学史の中で初めて「老人文学」を書くことができたのです。

二〇代で文壇に登場し、その後七九歳まで長きにわたって創作を続けた谷崎の作品には、相反する二つの姿勢が見受けられます。一つは、首尾一貫して色好みの世界、言わば「エロティシズム」を追求した姿勢で、もう一つは作風をいくつも変えていた点です。

谷崎は長いキャリアの中で、多彩な作風を展開していきました。そうした点は、ピカソにたとえるとわかりやすいかもしれません。谷崎と同様にピカソも長命でした。九一歳まで生きたピカソは、時代ごとに自らの作風を変えていきました。つまり金太郎飴のようにどこを切っても同じ顔が出てくるのではなく、「青の時代」から「バラ色の時代」へと色調が変化を見せたと思えば、「キュビズムの時代」から「シュルレアリスムの時代」へと、描く対象への理解や接近方法を大幅に転換させていたのです。

では、谷崎文学はどのような変遷を辿ったのでしょうか。

一八八六（明治一九）年に東京の日本橋で生まれた谷崎が小説家としてデビューしたのは、一九一〇（明治四三）年のことでした。肌を刺されて悶える人間の姿に愉悦を感じる刺青師を主人公とした『刺青』という小説で、この作品が永井荷風に絶賛されたことにより、谷崎は文壇において作家としての地歩を固めました。『刺青』では、皮膚や足に対するフェティシズムと、それに溺れる男の性的倒錯が描かれています。

その後、一九二三（大正一二）年に関東大震災が起こったのを機に、谷崎は横浜から関西に移住しました。谷崎は大の地震嫌いだったようで、また大阪・日本橋出身の人妻に恋をしたことも、このときの谷崎の背中を押します。関西移住後の谷崎はさらに旺盛な執筆活動を行い、次々と名作を生み出していきました。

代表作の一つである『痴人の愛』の新聞連載を開始したのも、この頃のことでした。カフェで働いていた少女ナオミに翻弄される男の悲喜劇を描いた『痴人の愛』は一九二四

（大正一三）年三月から大阪朝日新聞に連載され、翌二五年に単行本として刊行されました。

関西移住後の谷崎は、心を奪われた元人妻と暮らしながら、その後日本の古典・伝統文化に傾倒し始め、作風を大きく転換していきました。この時期の代表作である『吉野葛《くず》』や『春琴抄』は、日本の伝統的美意識と近代的な小説手法を両立させた優れた近代文学と言われています。さらに晩年に至っては、「老人の性」に関する伝道師となるのでした。

年老いてからの谷崎の作品は、息子の嫁に恋い焦がれる老人や夫婦交換の話、あるいは老人の赤裸々な性欲の吐露など、性的には一貫してやりたい放題でした。七〇歳を過ぎてからの谷崎作品は、老人の書くエロ小説はかなりイカレていることを教えてくれます。

谷崎が追求したエロティシズムとは

ここからは具体的に作品を挙げながら、谷崎文学について考察していきましょう。まずは『痴人の愛』からです。谷崎の代表作とも言える『痴人の愛』は、日本の伝統文化の一つ「ロリコン趣味」、あるいは「萌え文化」の元祖とも言える作品です。第一章で触れましたように、「ロリコン」という言葉はウラジーミル・ナボコフの作品『ロリータ』に由来しますが、それよりおよそ三〇年も前に、この『痴人の愛』は書かれています。

内容を手短に説明しますと、主人公は河合譲治という真面目で女性経験のない二八歳の模範的サラリーマンです。彼はカフェで働いていた一五歳の美少女ナオミを見初めました。そして自分の理想の妻として育て上げるべく、大森に洋館を借りて二人で暮らし始める、というお話です。

勘の鋭い方なら、「『源氏物語』にも同じようなエピソードがあったな」と気がつきます。第一章で述べた、「一〇歳の紫の上（若紫）を見初めた光源氏が、育て上げた末に自分の妻にした」という話です。一〇歳の女の子を妻にしようなんて普通の男なら思いもしない野蛮な行為を、紫式部はたおやかな文章で描くことで雅な世界に定着させました。これを谷崎は、二〇世紀に再現してみせたのです。

仏教や儒教をはじめとする日本の思想や哲学は、外来のものを日本化することで発展してきましたが、この「色好み」に関しては、それらとは位置づけが異なります。色好みは子孫を絶やすことなく系統を守り続けることを宿命づけられた天皇家の権力と伝統に結びついた、日本固有の文化なのです。

谷崎は近代主義思想を持つ明治期のインテリの一人で、性にまつわる西洋の研究をよく学んでいました。例えば、同時代人であるフロイトの最新の精神分析書や、サディズム・

マゾヒズムといった異常性欲研究書などを熱心に読んでいたのです。「自分は変態だ」という自覚が、谷崎には確かにありました。しかし、それだけでは文学のテーマとして成立させるには、十分ではありません。ゆえに自身の変態性を理論的に支えてくれる何かが必要になります。その何かとして見つけたのが、一つは日本の「色好みの伝統」で、もう一つが「西洋の知見」だったのです。

日本文化に脈々と流れる「色好みの伝統」と「西洋の性にまつわる最新の科学的・文学的知見」——これら二つのいいとこ取りをした上で、さらに自らのオリジナリティとしてのエロティシズムを掛け合わせる。そうすれば、自分の文学は世界文学となり得るという確信を、谷崎は抱いていたのだと思います。

時勢に迎合しない谷崎

次に『痴人の愛』という作品の時代背景について見ていきます。この作品が新聞連載を開始した時期の日本は、いくつかの戦争を経たのちの、一種の戦間期に当たります。

明治維新後の日本は、「西欧列強に追いつけ、追い越せ」というスローガンを掲げ、急ピッチで近代化を進めていきました。その中で、「不平等な国際関係を打破する」ためには、経済力・軍事力・科学力において西洋と肩を並べるだけの力を持たなくてはなりません。そのため、「戦争に勝利し一等国と認められる」といったプロセスが必要となったわけです。そうして参戦した日清戦争（一八九四〜九五年）、日露戦争（一九〇四〜〇五年）、第一次世界大戦（一九一四〜一八年）に、日本はいずれも一応の勝利を収めました。「勝利した」とすっきり言い切れる終結ではありませんが、日本の勝利は当時の欧米列強に大きな衝撃を与えました。例えば日露戦争の場合、日本という極東の小さな新興国が大国ロシアと戦争をして、曲がりなりにも勝ってしまったのですから、欧米諸国の驚きは相当なものだったと思います。

アジアの黄色人種が白人世界に果敢に挑戦をして、戦争に勝利した。この事実は、その後の中国における近代国家の成立や、インドの大英帝国からの独立といった「自主独立」の機運を連鎖的に生じさせるきっかけとなります。

日清・日露・第一次世界大戦の三つの戦争に勝利したことにより、その後の日本は急激な国威発揚・ナショナリズムの盛り上がりを経験しました。明治維新以来、コンプレックスの対象でしかなかった西欧に比肩したという自負心を、多くの人が持つに至ったのです。

こうした時代の空気は、自ずと文学にも反映されます。だから漱石文学には「国のために尽くさねばならない」と苦悩する、生真面目なインテリの姿が目立つわけです。しかし、谷崎の時代になると、少々ひねくれてきます。優等生的な振る舞いよりも、「西洋とはこの程度のものか」という思い上がりにも似た感情が顔を覗《のぞ》かせるようになるのでした。ここで近代文学は質的な変化を遂げたと言えます。

一九二〇年代はオシャレをしたモダンボーイ・モダンガールたちが街を闊歩《かっぽ》し、自由を謳歌した時代でした。これは明治初期の「鹿鳴館時代」、日本を牽引《けんいん》する政府の指導者たちの西洋かぶれが、下々にまで降りてきた証と言えます。

こうした西洋かぶれの浮かれた風潮は、一九三一（昭和六）年に満州事変が勃発するまで続きました。一九二三（大正一二）年の関東大震災や一九二九（昭和四）年の世界恐慌といった、多くの犠牲者を出した災害や世界的な経済の暗転はありましたが、第一次世界大戦の終わりから満州事変までの十数年間は、短くも平和な期間だったと言えるでしょう。この時期に谷崎は、時代の空気を反映した「世界をなめた態度の作品」を世に送り出していきました。

ただし、これは谷崎が時代に迎合していたというわけではありません。大正時代と彼の態度が、たまたま時代と幸運な符合を見せただけです。例えば大正の同時代にはプロレタリア文学が流行しましたが、谷崎はこれに対して目もくれていません。

平和で享楽的な文化の興隆と同時に、マルクス主義と結びついたプロレタリア文学が、とりわけインテリのあいだで流行りました。しかし、谷崎は彼にとっての終始一貫したテーマであるエロティシズムを追求します。

満州事変以降は世相が変わり、保守化の波が押し寄せてきました。しかし、谷崎は世間から嘲笑されようとも、侮蔑されようとも、確固とした意志を持って、見る人によっては愚行とも思える色好みをエスカレートさせていったのです。

その後、大陸での戦争が泥沼化し、一九四一（昭和一六）年にアメリカとの無謀な開戦に打って出ると、日本社会は戦争一色に染まりました。本来、言論の自由を死守すべき文学者たちでさえ、「報国文学」といって国に奉仕するような作品を書かざるを得ない情勢になっていったのです。そのような時代においても、谷崎は戦争に協力する気などさらさらありませんでした。当時の彼は、関西のブルジョワ生活を網羅した百科事典のごとき作品『細雪』の執筆にいそしんでおりました。

この『細雪』という作品は、「内容が戦時にはそぐわない」と軍部から三度も発禁処分を受けています。「たいへんな時代に、何をこんな呑気なものを書いているんだ」とお叱りを受けたのですが、それでも谷崎は『細雪』の執筆をやめませんでした。時局におもねることなく、検閲をのらりくらりとかわしながら、マイペースに執筆を続けたのです。その『細雪』は戦後に出版されると、たちまちベストセラーになりました。

欲望を作品に昇華し続ける

『痴人の愛』について、もう少し述べておきましょう。あらすじはすでに説明した通りで、河合譲治という真面目だけが取り柄のサラリーマンが一五歳の美少女・ナオミを見つけ、将来の妻とすべく一緒に暮らし始めるというストーリーです。二人は最初、友人のような関係で同棲を始めました。もちろん寝室も別々で、譲治は彼女の希望通り英語とピアノを習わせてやります。譲治がナオミに対して教育的に振る舞うことで、二人の関係は成立していました。

ところが彼女の本性が次第に発揮されてくると、この関係が崩壊し、さらには逆転していきます。成長したナオミは浪費家のうえ素行も悪く、やがて他の男と遊び歩くようになりました。さすがに譲治も怒って家から追い出したのですが、ナオミの肉体の魅力に抗しきれずにあえなく呼び戻し、ますます隷属していくという展開に陥っていきます。

谷崎作品の特徴は、女性の肉体を博物学者のごとく観察し、徹底的に描写していることです。例えばあるシーンで、譲治は風呂上がりのナオミの姿に目を奪われます。このとき、谷崎がナオミの美しい肉体を描写する。その筆致は、ほとんど視姦《しかん》のレベルです。
どのような言葉が弄されているのか、その一端を紹介しましょう。風呂上がりのナオミを見た譲治が、呆れるほど詩情豊かに、ナオミの姿を謳い上げるシーンです。

一体女の「湯上り姿」と云うものは、――それの真の美しさは、風呂《ふろ》から上ったばかりの時よりも、十五分なり二十分なり、多少時間を置いてからがいい。風呂に漬かるとどんなに皮膚の綺麗《きれい》な女でも、一時は肌が茹《ゆだ》り過ぎて、指の先などが赤くふやけるものですが、やがて体が適当な温度に冷やされると、始めて蠟《ろう》が固まったように透き徹《とお》って来る。ナオミは今しも、風呂の帰りに戸外の風に吹かれて来たので、湯上り姿の最も美しい瞬間にいました。その脆弱《ぜいじゃく》な、うすい皮膚は、まだ水蒸気を含みながらも真っ白に冴《さ》え、着物の襟《えり》に隠れている胸のあたりには、水彩画の絵の具のような紫色の影があります。顔はつやつやと、ゼラチンの膜を張ったかの如く光沢を帯び、ただ眉毛だけがじっとりと濡《ぬ》れていて、その上にはカラリと晴れた冬の空が、窓を透してほんのり青く映っています。

（『痴人の愛』新潮文庫、三五九ページ）

こうした谷崎の女性に対する描写は、たいへんユニークです。一般的に、対象を言葉で描写するときに情報源となるのは、およそ八割が視覚情報になります。つまり書き手は八割方、目で見た情報を描写している。人間の感覚器官——視覚、聴覚、嗅覚《きゅうかく》、味覚、触覚——の中で、視覚は最も高度化されているため、言語化しやすいからです。

一方で谷崎は、視覚のみならず、聴覚、嗅覚、味覚、触覚などの五感を積極的に用いて対象を描写する作家でした。〈友達の接吻〉と称して、ナオミが譲治の口にフッと息を吹きかけるというシーンがあります。その後に、〈彼女のような妖婦《ようふ》になると、内臓までも普通の女と違っているのじゃないか知らん、だから彼女の体内を通って、その口腔《こうこう》に含まれた空気は、こんななまめかしい匂《におい》がするのじゃないか知らん〉（前掲書、三四九ページ）とうっとりするのです。

見るだけではなく、匂いを嗅ぎ、手でさすり、舌でなめたりして、ねちっこくその魅力を味わい尽くしたいという貪欲さこそが谷崎の真骨頂だと言えます。彼はその時々で女性の趣味は変わっても、相手を崇拝し、奴隷として奉仕したいという欲望の炎を終生絶やすことなく、作品に昇華し続けました。

谷崎作品を読むためのポイント

谷崎の本質を一言で表すと、「圧倒的なスケベ」です。こうした、いい意味で「イカレタ男」の良き読者になるためには、越えなければならないハードルがいくつかあります。これまでの話と重複する部分もありますが、改めてポイントを示しておきましょう。

第一に、「根っからのスケベであってほしい」ということ。谷崎のエロティシズムの追求に付き合う以上は、読者の皆さんもそのようなマインドセット（考え方の枠組み）で読んでください。もちろん中にはポルノなんぞ大嫌いで、下ネタにかまける人を軽蔑するタイプの人もいるでしょう。そういう人は谷崎には手を出さず、漱石を読むべきです。国民の教師のような漱石は、名だたる弟子たちに圧倒的な影響を与えました。その漱石の教師的な態度は、物語（『こころ』）の中にも構造化されています。つまり漱石は実生活上も作品世界上も、いい教師だったわけです。

この漱石を「理想的教師」と見なすならば、谷崎は「反面教師」となるかもしれません。だから性的な欲望を露《あらわ》にすることに反発を覚える人も、「ああいう風にはなるまい」とい

う お手本として、谷崎作品を活用してみるといいでしょう。

そもそも谷崎作品の登場人物は反面教師のオンパレードです。例えば、一九三七（昭和一二）年に刊行された『猫と庄造と二人のをんな』という中編小説がありますが、この作品には「こうはなりたくないよね」と思わせるような人間ばかりが出てきます。『猫と庄造と二人のをんな』は、猫を愛しすぎるがあまりおかしくなっていく主人公と、猫に嫉妬する妻、そして猫を引き取って男の心をつなぎとめたいと思う前妻を描いた作品です。この小説を読むと、「ああ、人間はここまでくだらなくなれるのか」と脱力します。

谷崎自身もたいへんな愛猫家でした。飼っていた猫が死んだ場合、普通の人だったら手厚く葬るところですが、谷崎は剝製にして手元に残しておこうと考えました。飼っていた愛猫を剝製にした人は、私の知る限り谷崎一人です。

二〇年ほど前に神奈川近代文学館で開かれた谷崎の回顧展（一九九八年の「谷崎潤一郎展」）の展示物の一つに、この猫の剝製がありました。私は実物を見て、「この男は本当に変態だな」としみじみ思ったくらいです。

だから変態である谷崎を愛するには、既成の道徳観に縛られない人間を愛する寛容さが必要になります。芸能人の不倫のニュースを聞いて目くじらを立てているような人は、谷崎の良い読者にはおそらくなれないでしょう。

谷崎を読むための第二のポイントは、「悩める知識人であってはならない」ということです。谷崎には他人にへりくだり、へらへらと自ら笑いを取りにいく幇間《ほうかん》（太鼓持ち、男芸者のこと）みたいなところがありました。だから谷崎の良い読者になるためには、知識人であってはなりません。そのような谷崎が書く作品は、ある種の余裕が生んだものではありますが、プライドの高い知識人からしたら耐え難いものに感じられるかもしれないからです。

第三のポイントは、常に何かを崇拝し続けるということ。しかも、その対象をコロコロ変えていかなければなりません。

『痴人の愛』で描いたのは美少女でしたが、谷崎の崇拝の対象は何も女性に限りませんでした。性的倒錯者の常として、どんなものにも谷崎はエロティシズムを見いだしたのです。西洋の女性にしか興味のない時代があったと思ったら、やや濁りを帯びた日本人の肌が素晴らしいと言い出し、また突如として「陰翳礼讃《いんえいらいさん》」と言い出します。近代主義者のモダンボーイだった男が、電灯がなかった時代の日本家屋を論じ始めるのです。谷崎曰《いわ》く、日本の建築の中で一番風流なのは「厠（トイレ）」だそうです。

このように、谷崎は崇拝の対象を節操なく変えながら、延々と書き続けました。ある意味でいい加減なのですが、良き谷崎読者になるためには、このいい加減さに耐えなければなりません。

老いてなお悟らず

第四のポイントは、「戦争といっさい関わりを持たない」ということです。谷崎は平和主義を徹底した作家でした。

これは裏を返せば、谷崎は「戦争の時代には出番がなかった」作家と言えます。徴兵検査を受けたものの、脂肪過多症で不合格とされました。当時の彼は一五四センチと小柄だったのに、体重が六八キロもあったそうです。

徴兵検査に落ちるということは、「兵士としては何の役にも立たない男」という烙印《らくいん》を押されたようなものです。その結果として、戦争中は悠々と「創造的冬眠」とでも呼ぶべき状態に入ることができました。遠くに空襲の火の手が上がるのを眺めながら、「ビタミンBが足りないわ」という話から始まって、主人公が下痢をして終わる『細雪』を書き続けたり、『源氏物語』の現代語訳に集中したりしていたのです。

戦争さえも自分の執筆生活に有利に活用してしまう、そのような「ある種の狡猾《こうかつ》さ」が谷崎にはありました。そうした点に共感できるならば、谷崎の読者に向いているかもしれません。

最後のポイントは、「老いてなお悟ってはいけない」ということ。谷崎は最後までふざけた老人のままでした。晩年に書かれた『鍵』『瘋癲《ふうてん》老人日記』では、年老いた男による性的倒錯を描いています。

例えば『鍵』は、自分の妻を若い男と不倫させて、その様子を押し入れからずっと覗いているような学者の話です。夫である大学教授の男は、より強い刺激を求めるべく、妻を娘の恋人である年若い男・木村に近づかせます。大学教授の妻はやがて木村に心を寄せ、彼と関係するようになりました。この刺激に、大学教授は酷く興奮し、ついには血圧が上がって命を落としてしまうのです。

一方、『瘋癲老人日記』は息子の嫁さんに気に入られたくて彼女の尻を追いかけまわす不能老人の身辺雑記を、日記風に綴った作品です。家族で食事に行った老人が、息子の嫁さんの食べ残しを嬉《うれ》しそうに食べる自分を空想するといった場面が作中に出てきます。

谷崎と息子の嫁との関係については、実際におかしなエピソードがあります。谷崎は息子の嫁に、「おじさま」ではなく名前で呼んでくれとお願いをしたと言うのです。それも「潤一郎」と呼び捨てにするようにと。当然ながら嫁はなかなか応じてくれません。それでもしつこく頼んだら、じらされた末にやっと呼び捨てにしてくれた。このとき谷崎は飛び上がって喜んだと、作家の瀬戸内寂聴さんから聞いています。

このように、老いてなお悟らないのが谷崎という男でした。そうした懲りない部分に共感できれば、谷崎の良き読者になる資格があると言えるでしょう。

良き谷崎読者になるためのポイントを説明していたら、否定的な要素ばかり挙げ連ねてしまいました。しかし、彼が芸術家としてたいへん優れているのは、疑いようのない事実です。次はその部分を強調したいと思います。

五感を駆使して執筆した谷崎

先ほど、谷崎は愛する対象——主に女性美ですが——を描写するときに、単に視覚情報のみならず触覚や嗅覚といったすべての知覚を総動員したと説明しました。この特徴をもう少し掘り下げると、こうしたアプローチは「モダニストの手法」と理解できます。

モダニズムとは、二〇世紀初頭に花開いた芸術運動です。絵画で言えば、対象を見たままに、言わば写真のように描くリアリズムから飛躍して、ピカソやジョルジュ・ブラックが創始したキュビズムが生まれました。キュビズムとは、従来の「対象を定点観察する」態度を改めて、多元的に見て描くという美術の革新運動です。対象を正面から捉えるだけではなく、横から見たり、上から見たり、あるいは内側から見たりと、観察者の視点自体を動かして多元的に捉えようという発想がキュビズムの根底にはあります。

多元的視点ということとはニュアンスが異なりますが、谷崎は同様の発想を小説で具現化した作家でした。このような五感を駆使して多面的に対象を捉えて再構築していくというモダニズム的描写の積み重ねにより、美に最上の価値を置いた「耽美主義」と呼ばれる谷崎文学はつくられています。

谷崎作品のもう一つの特徴は、口承文学の伝統を取り入れたことです。

口承文学とは何かを簡単に説明しておきましょう。現代では「小説は一人で黙読するもの」と考えられていますが、このような習慣が定着したのは近代以降になってからです。それ以前は「読む＝音読」が普通でした。幼い頃は両親に読み聞かせをしてもらうかもしれませんが、近代以降の読書は黙読が前提となっています。ゆえに、言葉の音韻的要素はそれほど重視されてはいません。

しかし谷崎は、『平家物語』や説教節と呼ばれる『山椒大夫』などの古典に通底していた音読の伝統を、意図的に自作に取り入れました。例えば『春琴抄』や『盲目物語』といった作品は、普通に活字で出版されるものの、声に出して読まれてはじめて、その魅力が存分に発揮されるように書かれています。

このように谷崎はモダニストでありながら、近代文学が失ったかつての口承文化を蘇らせもしました。言わば、「近代文学と口承文学のハイブリッド」を生み出した作家でもあるのです。

『春琴抄』は盲目で美しい三味線奏者・春琴と、彼女に弟子入りした佐助との究極の愛を描いたお話です。佐助は奴隷のように春琴に仕えていました。ところがある日、春琴の家に盗賊が入ってきて、春琴は火鉢にかけてあったお湯をかぶり、顔に大火傷を負ってしまいます。その後、春琴は「醜くなった自分の顔を見てくれるな」と、佐助を遠ざけるようになりました。すると佐助は、「お師匠さまの美しい記憶だけを留めて生きていくことにします」と言って、自分の目を針で突き刺すのです。佐助は自ら目を潰し、以後、盲目の二人は連れ添って暮らしました。この「佐助が自らの目を針で突き刺す場面」は、非常に壮絶です。

成るべく苦痛の少い手軽な方法で盲目になろうと思い試みに針を以て左の黒眼を突いてみた黒眼を狙《ねら》って突き入れるのはむずかしいようだけれども白眼の所は堅《かた》くて針が這入《はい》らないが黒眼は柔《やわら》かい二三度突くと巧《うま》い工合《ぐあい》にずぶと二分程這入ったと思ったら忽《たちま》ち眼球が一面に白濁《はくだく》し視力が失《う》せて行くのが分った出血も発熱もなかった痛みも殆《ほとん》ど感じなかった此れは水晶体《すいしょうたい》の組織を破ったので外傷性の白内障を起したものと察せられる佐助は次に同じ方法を右の眼に施《ほどこ》し瞬時にして両眼を潰《つぶ》した（後略）

（『春琴抄』新潮文庫、六四ページ）

もちろん私には針で自分の目を突いた経験はありませんが、この場面の描き方は実にリアリティがあると言うことができます。「このような文章を書いてやろう」と日頃から考えていた作家ならではの、工夫や実験がちりばめられていて、モダニスト・谷崎の本領発揮と言える描写です。

実は「刺す感触」だけは試したことがあります。金目鯛の目の真ん中に針を刺すと、やはり最初は少し抵抗感がありました。しかし、そこを越えて「ぐいっ」と行くと、あとはすっと針が入っていきます。その感触を確かめ、「ああ、『春琴抄』に書いてあった通りだな」と思いました。

もう一つ挙げた『盲目物語』は、歴史物語です。戦国時代、信長の妹で初めは近江の大名・浅井長政の正室となり、後に織田家重臣の柴田勝家の妻となった「お市の方」という女性がいました。『盲目物語』は、彼女に仕えていた盲目の按摩《あんま》師が語る、戦国の歴史の一幕です。

この小説自体は、当然のことながら文字で書かれた作品です。ただし語り手は盲目の人間なので、「按摩師が誰かに話し聞かせたお話を、活字に起こした」という体裁を取っています。つまり、この構造自体が口承文学を模倣しているわけです。

しかも語り手は盲目ですから、描写に視覚情報を入れることはできません。そうなると、目で見たように書くことはできず、相手の体を触って心情を知るとか、声を聞いて美しさを想像する――そのような視覚情報を除いた知覚による情景描写が続きます。

普段から目に依拠しすぎている人にとって、視覚以外の感覚器官を通じて対象を知覚するのは極めて難儀なことです。想像だけで描くことは実に難しいのですが、谷崎はそれをやってのけました。単に変態オヤジ、スケベ爺というだけではない、正真正銘の芸術家でもあったということを、ここで力説しておきたいと思います。

谷崎、川端、三島が海外で評価されるのはなぜか

最後に、海外での谷崎文学の評価について触れておきましょう。

一九六〇年代、谷崎潤一郎、川端康成、三島由紀夫のうちの誰かが、日本人初となるノーベル文学賞を取るだろうと言われていました。結局、一九六八（昭和四三）年に川端が受賞しますが、それはおそらく谷崎が一九六五（昭和四〇）年に亡くなってしまったからだと思われます。もう二〜三年長く生きていたら、谷崎が取っていた可能性は高かったはずです。一方、三島は二人と比べるとかなり若かったので、まだ早すぎだろうという判断が働いてもおかしくはありませんでした。

いずれにせよ谷崎作品は数多く翻訳されていて、当時から海外で高く評価されていました。その評価は今も変わらず、「色好み」という日本固有の伝統文化を展開した近代文学として、常に一定のニーズを得ているのです。その独特の美的世界、蠱惑的な趣味の世界はとりわけイタリアでの評価が高く、谷崎に関する国際的なシンポジウムがイタリアの大学でしばしば開かれています。

では海外において、なぜ谷崎、川端、三島の三人が近代文学の代表選手として選ばれたのでしょうか。それは、この三人の作家が、男同士であれ女同士であれ「同性愛」を積極的に作品世界に取り込んでいた点にあると考えられます。彼らはもちろん異性愛も描きましたが、同じくらい自然に同性愛も描いていたのです。

アメリカでは一九六〇年代から一九七〇年代中盤にかけて、ゲイ・レボリューションが興りましたが、それ以前のアメリカは非常に保守的で、同性愛者には居づらい社会でした。同性愛の傾向が周囲に漏れると、公職を追放されたり職場を追われたりといったことが実際に起きていたのです。そのような環境でしたので、同性愛を描いた海外作品の需要が高かったのだと考えられます。

日本では古くから同性愛に関するタブーがなく、近代を代表する作家が堂々と同性愛をテーマにした作品を書いていました。日本に同性愛のタブーがないのは、もちろん宗教的な縛りがないことが大きいのは事実ですが、それ以外にも平安時代から脈々と続いてきた「色好み」の伝統が影響していると考えられます。谷崎潤一郎はこの伝統に根ざした文学を、七九年の生涯にわたって書き続けたのでした。

第六章　人類の麻疹《はしか》——ナショナリズムいろいろ

ナショナリズムとは

この章では近代の「日本論」、および「日本人論」について解説していきます。これは、「日本人の間に、国家・国民意識が浸透し始めたのはいつからか」、つまり「近代日本に勃興したナショナリズム」について考えるということです。

ナショナリズムを簡潔に説明すると、「自分の所属する民族や国家の統一・独立・発展を志向し、推し進めようとするイデオロギー」となります。ナショナリズムとは、近代国家の成立によって生まれた概念です。日本語では内容や解釈によって、「民族主義」や「国家主義」「国粋主義」などと訳されています。

かのアインシュタインは、ナショナリズムを「人類の麻疹《はしか》」と指摘しました。「ナショナリズムは子どもの病気。人類が患う麻疹のようなもの Nationalism is an infantile disease. It is the measles of mankind.」。つまり、人間であれば誰しもが罹《かか》るものだと言うのです。

現在、日本に限らず中国や韓国、あるいはヨーロッパ、そしてトランプ大統領を生み出したアメリカでも、偏狭なナショナリズムが台頭してきています。ナショナリズムの台頭が顕著な今こそ、「日本人はいつ、どのようにしてナショナリズム的意識を獲得したのか」を振り返り、処方箋を探ってみることにしましょう。

本章で取り上げるテキストは、日清戦争が始まった一八九四（明治二七）年に出版された志賀重昂《しげたか》の『日本風景論』、同年に書かれた内村鑑三の『代表的日本人』、一八九九（明治三二）年に刊行された新渡戸稲造の『武士道』、最後が二〇世紀に入って書かれた岡倉天心の『茶の本』（一九〇六〈明治三九〉年）の四冊になります。

どれも日本論・日本人論に関心がある方には必読と言える作品です。この四冊を、近代以降の代表的日本論・日本人論として解説していきたいと思います。

ナショナリズムの必要条件

この四冊の内容の検討に入る前に、現在台頭しているナショナリズムに関して皆さんと前提を共有しておかなくてはなりません。日本が今直面しているナショナリズムは、一九九五年くらいから顕在化してきました。日本の伝統的なナショナリズムの発祥は、近代国家が誕生した明治時代に遡りますが、最近の右傾化どころではない極右化の起源を辿ると、一九九五年あたりに帰着するのです。

では、一九九五年に何があったのか。それは経済成長が実質的に終わった年だったのです。その根拠はと言いますと、日本の経済成長を支える産業が、前年の九四年に製造業からサービス業や情報産業などに取って代わられたことです。

日本の製造業の就業者数は、一九九二年の一六〇三万人をピークに下がり始めました。新たな受け皿となりつつあったのが卸売・小売業、飲食業などのサービス業です。サービス業の就労者は、一九九四年に一五四二万人となり、製造業の一四九六万人を追い抜きました。奇跡とも言われる戦後復興と経済成長を牽引してきた製造業が、日本の雇用の中心ではなくなった――つまり製造業が日本経済の中心から陥落したのが一九九五年前後だったのです。

日本の経済力が右肩上がりだった時代において、ナショナリズムが顕在化することは、ほとんどありませんでした。むしろ、国民意識を覆っていたのは「戦争への反省」です。だから、高度経済成長期の日本は、中国や韓国に対して多額の援助を行っていました。当時の中国は、毛沢東による大躍進政策や文化大革命など、社会の成長と成熟にブレーキをかける政策が次々に打ち出されていた時代です。また、韓国も軍事政権が続いていました。だから、両国ともに近代化・民主化が遅れていたのです。

ナショナリズムという概念は、ある意味で「民主化」とペアを成しています。なぜなら、ナショナリズムとは上から押し付けられるものではなく、下から突き上げてくるパトス

（情念）だからです。民衆にある程度の表現の自由が与えられていないと、つまり民主化していないと、ナショナリズムは盛り上がりません。国家の主権者を国民とし、その国民の平等な権利を訴えかけるのがナショナリズムなのです。

ただし民主化はナショナリズムの必要条件と言えますが、十分条件ではありません。民主化した上で「民族のプライド」が刺激されて初めてナショナリズムは熱を帯びてくるのです。さらに言えば、このプライドはコンプレックスと表裏一体となっています。コンプレックスを刺激されるときもまた、ナショナリズムが発揮されるのです。

高度経済成長期の時代、「世界に冠たる経済力」により、日本人のプライドは十分満たされていました。「二度と戦争を起こさない」という反省と誓いがそのまま経済成長へと転化するという道筋を辿っている段階においては、ナショナリズムの盛り上がる余地はありません。

ところがこの一九九五年を境に、日本の中で歴史修正の動きが目立つようになりました。例えば、のちに「新しい歴史教科書をつくる会」につながっていく「自由主義史観研究会」が立ち上げられたのもその一つです。「新しい歴史教科書をつくる会」の人々は、学校で使用する歴史の教科書から、いわゆる「自虐史観」的な記述を削除すべきだと主張しました。「南京大虐殺などなかった」というような言説も、その一つです。村山富市が内閣総理大臣時代に、日本による侵略と植民地支配を謝罪する「村山談話」を発表したのも、ちょうどこの年でした。

日本が先の戦争に対して反省を示し続ける態度そのものを不愉快に思う人々が、一九九五年あたりから日本の歴史を見直すべきだと動き始めました。これを契機に、中国・韓国をはじめとする諸外国との歴史解釈問題が勃発するようになったのです。

日本人の景観意識を変えた『日本風景論』

話がやや長くなりましたが、現在の日本を覆うナショナリズムについて述べてきました。ここからは、日本人が持つナショナリズム的意識の起源に遡って考えていきます。

まずは志賀重昂の『日本風景論』です。この『日本風景論』は、タイトル通り日本の風景や自然環境を海外に向けて宣伝するとともに、日本人の景観意識を変えました。著者の志賀重昂は地理学者で、日本列島の山河の地理的特徴、気候、日本近海を流れる海流について、学者らしく専門用語を駆使しながらかなり熱っぽく語っています。「日本の風景は欧米や中国に肩を並べるどころか、凌駕するほど素晴らしい」という自画自賛は、日清戦争に勝利した国民にさらなる自信を与え、大ベストセラーとなりました。

学術書のような体裁をとっていますが、内容的には一般読者向けの文明論、日本人論として読むことができます。特徴的なのは、登山技術を紹介している点です。

そもそも登山が日本に入ってきたのは近代以降でした。日本にはもともと、頂上を目指すピークハントというかたちの登山の伝統はありませんでした。山は越えるものであって、登るものではなかったし、基本的に山に入るのは野生動物を狩る猟師や樵《きこり》といった山の男たちです。山岳信仰があるように、一般庶民にとって山は崇敬の対象でした。

それが近代に入って、日本人も登山を〝発見〟しました。つまり「アルプスの頂上を征服して、絶景を眺めよう」というヨーロッパ的な登山が日本に入ってきたのです。志賀は登山の魅力を次のように語ります。


いわんや山に登るいよいよ高ければ、いよいよ困難に、ますます登れば、ますます危険に、いよいよますます万象の変幻に逢遭《ほうそう》して、いよいよますます快楽の度を加倍す。これを要するに、山は自然界のもっとも興味あるもの、もっとも豪健なるもの、もっとも高潔なるもの、もっとも神聖なるもの、登山の気風興作せざるべからず、大いに興作せざるべからず。

（『新装版 日本風景論』講談社学術文庫、二〇九ページ）

それ以降、日本人は自国の山河を別の観点から眺めるようになりました。いつも無意識に憧れていいる対象だったものが、自らの足で登頂を目指す対象に変わった。『日本風景論』は、こうした近代登山の先駆けの書でもあったのです。

日本の文化や思想を西欧社会に紹介した『代表的日本人』『武士道』

内村鑑三の『代表的日本人』はタイトルからもわかる通り、日本の有名人の生涯と功績を描いた作品です。『代表的日本人』では、西郷隆盛、上杉鷹山《ようざん》、二宮尊徳、中江藤樹《とうじゅ》、日蓮の五人が取り上げられています。この『代表的日本人』と後で説明する新渡戸稲造『武士道』、岡倉天心『茶の本』の三冊は、英語で書かれました。日本人が日本の文化や思想を西欧社会に紹介した、明治期の代表的な作品です。

『代表的日本人』の著者・内村鑑三は、キリスト教思想家・文学者・伝道者・聖書学者で、既存のキリスト教派によらない日本独自の「無教会主義」を唱えました。

『代表的日本人』で取り上げられている人物の記述は、それぞれ簡潔にまとまっています。参考までに、上杉鷹山の章の一部を見てみましょう。上杉鷹山は江戸時代中期の米沢藩主で、倹約・殖産興業政策などの藩政改革に努めた人物です。天明の大飢饉《ききん》でも餓死者をほとんど出さず、また養蚕・織物等の新産業の開発に取り組んだことでも知られています。

若き鷹山は、変革を成し遂げなければなりませんでした。それ以外の救済は不可能でした。しかし変革は、他人を待つのでなく、まず自分から始めなくてはなりません。当然、財政は最初に解決を迫られる問題でした。少しでも秩序と信用を回復するには、極度の倹約しかありません。（中略）家来たちも同じく倹約をしなければなりませんが、それは、鷹山自身とは比較にならない程度の倹約でありました。毎年の手当も半分に減らして、それにより実現した貯金は、積もった藩の負債の返済に廻されることになりました。このような状態を一六年間もつづけることにより、どうにか重い債務から脱することができるのであります！

（『代表的日本人』岩波文庫、五九〜六〇ページ）

鷹山は一七歳で米沢藩を継ぎますが、その頃の米沢藩は酷い財政難に陥っていました。

そこで鷹山は、借金を返すために自分から模範を示して節約に努めます。そして財源は乏しかったのですが、優秀な人材には惜しみなく投資していったのです。

かつてのアメリカ大統領ジョン・F・ケネディは、来日した際「日本で最も尊敬する政治家は誰か?」との質問に、上杉鷹山の名前を挙げました。アメリカのリーダーが上杉鷹山の功労を知り得たのは、内村鑑三『代表的日本人』を読んでいたからだと言われています。この本は現代の中学生や高校生でも読める、平易な文章で書かれた作品です。

次の新渡戸稲造の『武士道』は、四冊の中で最も有名かもしれません。この作品は、日本人の道徳観を海外の人に向けてわかりやすく解説した書籍として知られています。

この本を書くそもそもの出発点には、「宗教なき日本人が、どのように道徳観を形成しているのか」という西洋人の疑問がありました。これに対する答えとして書かれたのが『武士道』でした。

彼は打ち驚いて突然歩を停め、「宗教なし! どうして道徳教育を授けるのですか」と、繰り返し言ったその声を私は容易に忘れえない。当時この質問は私をまごつかせた。(中略)私は、私の正邪善悪の観念を形成している各種の要素の分析を始めてから、これらの観念を私の鼻腔《びこう》に吹きこんだものは武士道であることをようやく見いだしたのである。

（『武士道』岩波文庫、一一ページ）

西洋の道徳観の形成に大きな役割を果たしているのはキリスト教ですが、それに対応するものとして、日本には「武士道」がある。そういうことを西洋人に向けてわかりやすく書いたのが、この『武士道』という作品です。具体的には「義」「勇」「仁」「礼」「誠」など、漢字一文字で表される道徳観念が日本人には価値観として共有されていると述べています。

作法の慇懃鄭重《いんぎんていちょう》は日本人の著しき特性として、外人観光者の注意を惹《ひ》くところである。もし単に良き趣味を害うことを怖れてなされるに過ぎざる時は、礼儀は貧弱なる徳である。真の礼はこれに反し、他人の感情に対する同情的思いやりの外に現われたるものである。

（前掲書、五八ページ）

昨今、外国人観光客を日本に呼び込もうと、「おもてなし」の精神が観光戦略の中心に据えられていますが、新渡戸は一〇〇年以上も前にそのことに触れています。また、彼は生活の作法や対人関係におけるルールなど、日常の細かい取り決めが武士階級には伝統的に受け継がれてきて、それが日本人の道徳の礎石になっているとも言います。「武士道」に似たものとして、新渡戸はヨーロッパにおける「騎士道」を挙げました。騎士道精神は、キリスト教の教えと強く結びついています。女性に対しては献身的に奉仕するといった「騎士たるものの行動規範」を、騎士道精神は育んできました。

そして新渡戸は、「日本でこれに当たるものが、武士道である」と言います。様々な対比を駆使しながら、欧米人が納得いくように書いていることも、この本の特徴と言えるでしょう。

東洋美術入門書として最適な『茶の本』

最後の岡倉天心『茶の本』は、他の三冊からやや時間を経てから書かれた作品です。岡倉天心には『日本の覚醒』や『東洋の理想』といった著作もあるので、日本や東洋を内外に知らしめた思想家と捉えられているかもしれませんが、本来は美術の研究家でした。

彼が残した功績の一つに、仏像をアメリカに〝亡命〟させたことがあります。明治維新の最中に、仏教排斥運動である廃仏毀釈が行われました。仏教寺院や国宝級の仏像が壊されるという、ある種の宗教弾圧が行われたわけですが、このとき立ち上がった一人が岡倉天心だったのです。天心は仏像を守ろうと、秘密裏にアメリカへ運ばせました。

その後、彼はアメリカに渡り、長くボストンに暮らしました。一九一〇（明治四三）年にボストン美術館の東洋部長になっており、そこには快慶作「弥勒菩薩立像」といった天心のコレクションも入っています。

彼が凄いのは、ネイティブ並みに英語を話せたことです。ボストンに暮らすブルジョワ階級の名士たちと深く付き合う中で、日本や東洋に興味を持ってもらいたいと思って書いたのが、『茶の本』をはじめとする著作でした。だから、先に挙げた天心の『茶の本』『日本の覚醒』『東洋の理想』三冊のオリジナルは、極めて華麗な英文で書かれています。

『茶の本』の内容について見ていきましょう。茶道の本質を述べたこの本は、一〇〇ページ足らずの短い作品です。『茶の本』では、まず茶道の基本精神や思想、そして流派や歴史が語られています。

茶の原理は普通の意味における単なる審美主義ではない。というのは、茶道は倫理や宗教と合して、人間と自然に関する我々の一切の見解を表現するからである。茶道は清潔を旨とするが故に衛生学であり、複雑な贅沢というよりは簡素のうちに慰安を教えるが故に経済学である。それはまた宇宙に対する我々の比例感を定義するが故に、精神幾何学でもある。茶道はすべての愛好者を趣味上の貴族にすることによって、東洋民主主義の神髄を代表するものである。

(『茶の本　日本の目覚め　東洋の理想』ちくま学芸文庫、七〜八ページ)

また、『茶の本』では、日本における先駆的な建築論も展開されます。茶室というミニマムな空間設計の中には、日本建築の粋が詰め込まれている。茶道は茶室という特別な空間で嗜まれる行為ですので、茶室についての考察はすなわち、優れた建築論にもつながるのです。

それに加えて、『茶の本』には茶道の道具や茶室に飾られる花についても書かれています。茶道では、茶碗から湯を沸かす釜、水を入れておく水指《みずさし》、釜や水指から水を汲む柄杓《ひしやく》、抹茶を茶入れからすくう茶杓《ちやしやく》(耳かきを大きくしたようなもの)、お茶を点てる茶筅《ちやせん》など様々な道具を使用します。その道具の中には、骨董《こつとう》的価値や美術的価値を持つ品も多いのです。

また、茶室には必ず花があしらわれます。茶道では、その花をめでる審美眼の養成も求められるのです。

この本の最後では、茶道を体系化した千利休についてもまとめられています。『茶の本』一冊で、茶道を全方位からフォローできますので、西洋人にとっては東洋美術の入門書として最適な作品と言えるでしょう。

『日本風景論』が示すナショナリズム

ここからは、この先駆的な日本論・日本人論である四冊によって、日本にどのようなナショナリズムが醸成されてきたのかについて、順を追って検証していきます。

まずは、四冊の中で最も早く書かれた、志賀重昂の『日本風景論』からです。先にも説明したように、志賀は『日本風景論』で日本の風景を再発見しました。「素晴らしい風景や自然風土があるがゆえに、日本は素晴らしいのだ」というナショナリズムは、最も基本的で受け入れやすい心情です。

「国破れて山河あり」と漢詩で詠ったのは中国の詩人・杜甫《とほ》ですが、戦争や天災といったカタストロフィに見舞われたとしても、「日本には自然風土がある、山河がある、そこが唯一の拠り所であり救いになる」というスタンスは、災害の多い島国に生きる日本人には広く共有されうるものだと思います。

3・11の東日本大震災後に発生した福島第一原発の事故で、福島県を中心とする地域の自然が放射能汚染されました。この現状に対しては、志賀重昂的ナショナリズムの観点からも、日本の豊かで美しい山河を守らなければならないという機運がもっと高まっていいのではないかと私は考えます。政府の原発推進策に賛同するウヨクなど、ナショナリストの風上にも置けません。

二冊目の『代表的日本人』は、日本という国がいかに面白い人間や傑物を輩出してきたかという、言わば人材輩出の点で日本人のプライドを高めることに寄与しました。優れた人材がいるということは、ナショナリズムの一つの根拠になりうるのです。

例えば古代ギリシャの叙事詩の作者たちも、ある地域について書くときに「その地方の有名人は誰々である」という説明をしています。どのような人物をどれだけ輩出しているかということは、古今東西、自分の地域・国に対するプライドに直結するのです。凄い人を数多く輩出すればその国の知名度は上がるし、その人たちによって「そこがどういう国なのか」ということも示されます。

逆に言えば、著名人が持つ印象によって、その国のイメージが形作られるといった面があるのです。だから「どんな日本人を知っているか」と、身近な外国人に聞いてみるのも面白いでしょう。サッカー好きの人なら、海外で活躍するサッカー選手を挙げるでしょうし、映画が好きな人なら、黒澤明や小津安二郎と言うかもしれません。小説好きならおそらく、村上春樹が出てくるはずです。

こうした人材輩出において大事なのは、できるだけ多様性のある人材を生み出すことだと私は思っています。代表的日本人と言われてスポーツ選手を挙げる人もいれば、ある人にとっては作家の場合もあるし、ひょっとしたらAV女優かもしれない。こうした多様性にこそ、我々はプライドを持つべきなのかもしれません。なぜなら、多様性は必ず「あそこは面白い国だ」という開かれた評価につながっていくからです。

ナショナルプライドを支えるもの

新渡戸稲造の『武士道』は、日本人の道徳観について書かれた作品です。ある国が他国に尊敬される要因の一つに、「美徳」あるいは「人徳」があります。つまり礼儀正しいとか、義理堅いとか、約束を守るとか、弱者にやさしいとか、おもてなし上手だとか、道徳観に根付いた振る舞いのできる人間は信用され、愛されるわけです。

こうした評価は数値として示しにくいので、ＧＤＰや軍事力のようにランキングとしては表せません。しかし、実際にその国を訪れて、その国の人々と接触をすれば、ある程度の感触を得ることはできます。あの国の人は親切だったとか嘘をつかなかったとか、そういった実感が「美徳（人徳）」としてカウントされていくわけです。

ちなみに最近は、国連によって世界幸福度ランキングが発表されるようになりました。この幸福度ランキングには、ＧＤＰや健康寿命、人生の選択の自由などの他に、「汚職のない社会」や「社会的支援」などが反映されています。もしかしたら近い将来、国民の美徳（人徳）ランキングも数値化されるようになるかもしれません。

いずれにせよ自国の道徳意識を高め、それを他国に知らしめることは、ナショナルプライドを獲得する上での重要な要素となります。『武士道』はそういう意味で、日本人のナショナリズム形成に大きな影響を与えたと言えるでしょう。

最後の岡倉天心『茶の本』は、日本人の美意識や感受性を海外に向けて発信した作品です。こうした文化的プレゼンスもまた、ナショナルプライドにとって大きな役割を果たします。

ナショナリズムとは本来、多種多様なもの

ここまで、日本のナショナリズムの糧となってきたいくつかの要素について、『日本風景論』『代表的日本人』『武士道』『茶の本』をもとに述べてきました。ここで紹介した作品以外にも日本論・日本人論は数多く書かれていますが、この四冊が思想的な土台となっているのは間違いありません。この四冊から読み取れるナショナリズムの諸相を鑑みると、ナショナリズムとは本来、多種多様なものであることに気がつくはずです。

先ほど、「ナショナリズムは民主化とペアを成している」と述べましたが、そもそも初発のナショナリズムというものは、リベラルの側から生まれてきた主権要求でした。明治政府が樹立された直後の日本では、薩摩藩・長州藩の一部の者たちが政治を独占支配していました。この状態は「一君万民」の原則から逸脱しているとし、そこから立憲政治を打ち立てるべく自由民権運動が全国的に広がっていったのです。

このように国家の主権者を国民とし、その国民の権利を訴える原理こそが、本来のナショナリズムなのです。そうなると、「現在盛り上がりを見せている安直な国家主義は、いかにいびつなものか」ということがよくわかるでしょう。

第七章

ボロ負けのあとで
——戦中、戦後はどのように描かれたか

「戦後文学」とは何か

第二次世界大戦からの復興は、世界で共有されている文学の大きなテーマの一つです。第二次世界大戦は、一九三九年九月のドイツによるポーランド侵攻が発端となり始まりました。その後、独ソ戦争により戦乱が拡大し、四一年一二月には日本の対米開戦によって太平洋戦争が勃発します。第二次世界大戦の開戦当初は、日本を含む枢軸国側が優勢でした。しかし、次第に形勢が逆転し始め、四三年九月にイタリア、四五年五月にドイツ、そして同年八月に日本が降伏し、戦争は終結しました。

「世界最終戦争」と呼んでもいいほどの国家間の総力戦であった第二次世界大戦から、国家あるいは都市はどう立ち直ったのか。また、個人は精神的・肉体的打撃をどう克服していったのか。これは普遍的なテーマとして世界で共有され、各国に戦後文学を生み出しました。この章では日本の戦後文学について、解説していきます。

我が国を振り返って見れば、第二次世界大戦により日本は開闢《かいびゃく》以来のボロ負けを喫しました。東京をはじめとする都市部は文字通り焼け野原となり、人々はその日を生きるのに必死でした。だから戦後文学の多くは、「こうした焼け野原の中で、どう生きていけばいいのか」を問いかける作品、もしくは「戦争に従軍し、帰還した元兵士たちの体験録」となっています。この二つは、どちらも「極限状態の文学」と言えるでしょう。さらにもう一つ戦後文学のパターンを付け加えるならば、「アメリカの統治下における文学」があります。日本は戦後、アメリカの占領下に置かれ、アメリカの指導のもとに新憲法を発布しました。アメリカによって始まったこの「新たな社会制度」のことを私たちは「戦後」と呼んでいるわけです。こうした不愉快な状態の中で、「自分自身を見つめる」といった作業を、戦後の作家たちは行ってきました。この点については、後ほど解説します。

戦後文学を読む意味

戦後の高度経済成長と情報革命を経て、現在の私たちの生活は一変しました。暮らしのかなりの部分が機械化・コンピュータ化され、多くの労働と思考を工業製品に委託してしまっている状態です。そういう意味では、戦後の焼け野原に生きていた人間と比べて、身体能力的にも思考能力的にも、退化していると言えるかもしれません。

このように退化した現代人が、再び極限状態に放り出されたら、いったいどうなるでしょうか。もう一度、大きなカタストロフィが、もし起こったとしたら——それは戦争かもしれないし、大地震かもしれないし、火山の破局的な噴火かもしれません。あるいは福島第一原発のような事故が、再び起こる可能性だってあり得ます。そのようなときにどうしたらよいかを、破局が起こってから調べていては手遅れです。極限状態を生き延びるためには、平時からある種の覚悟や素養を身に着けておかなくてはなりません。戦後文学には「人は極限状態に置かれたとき、どのような態度を取るべきか」が書かれています。戦後文学を読む今日的意義は、そういった部分にもあるのです。

太宰が持っていた罪悪感

まずは、「日本の文学者は、どのように敗戦を受け入れてきたのか」ということから見ていきます。ここで紹介するのは、読者の皆さんもよくご存じの太宰治と坂口安吾です。

彼ら二人と、織田作之助や石川淳などを含めた作家たちは、文学史の中で「無頼派」と呼ばれています。無頼派とは、第二次世界大戦直後の混乱期に、反俗・反権威・反道徳的な作風で活躍した作家たちのことです。無頼派の作家たちは、焼け跡の混乱した状況の中で破天荒な生活を送り、ヒロポン（覚醒剤）を打ちながら、世相を切るような作品を書き飛ばしました。太宰に代表されるこうした破滅型作家たちの生き様は、その後の文士像を実質的に決定するのでした。

ただ、太宰について言えば、彼は終戦から三年後にはもう亡くなっています。終戦後、たちまち人気作家になりましたが、太宰は思いのほか活動期間が短い作家だったのです。とはいえ、自殺したときの年齢は三八歳でした。近代文学の担い手たちは概して夭折ですから、特段、早死にしたというわけではありません。例えば、第四章で紹介した樋口一葉（享年二四）をはじめ、石川啄木（享年二六）、小林多喜二（享年二九）、梶井基次郎（享年三一）、中島敦（享年三三）、芥川龍之介（享年三五）、宮沢賢治（享年三七）と、近代の文学者たちは現在の平均寿命から考えると信じられないくらい早死にしています。

そもそも、日本人の平均寿命が四〇歳を超えたのは明治時代に入ってからでした。終戦直後になっても五〇歳程度と、それほど平均寿命は延びてはいません。そういうわけですから、終戦を迎えたときに三〇代も半ばになっていた太宰は、当時の感覚からすると立派な中年です。しかし、彼の書く小説の内容は思いのほか若く、自身より一世代下の読者たちに熱烈に受け入れられました。

ただ、第二次世界大戦で最も多く戦地へ駆り出されたのもその世代――太宰よりも一回り下で敗戦時に二五歳くらいの人たちでした。太宰には従軍経験がありません。一方で自分よりも一二歳ほど年下の人たちは学徒出陣で戦地へと送り込まれ、大量に死んでいきました。太宰は同時代の若者に対して、何かしらの罪悪感を引きずっていたのではないかと想像されます。そうでなければ、〈生れて、すみません〉（『二十世紀旗手』）や〈恥の多い生涯を送って来ました〉（『人間失格』）などという言葉は出てこないはずです。

そうした罪悪感や劣等感をエネルギーにして、自ら積極的に社会の顰蹙《ひんしゅく》を買いにいくのが彼の作風でした。自分の弱さに開き直ると言ってもいいかもしれませんが、こうした作風が「絶望に陥っていた若者たち」に、ある種の慰めを与えました。戦後の荒廃した町で暮らす若者たちが抱えた心の闇を、太宰は小説として言語化してくれたのです。古くはゲーテの『若きウェルテルの悩み』のようなケースがありましたが、太宰も自らの度重なる自殺未遂事件や絶望との巧みな戯れ方によって、同時代の若者の自殺願望を刺激し、読者の後追い自殺も誘発しました。団塊の世代にはかつて、文庫判の『人間失格』をボストンバッグに入れて家出し、ちっぽけな自我を見つめ直した経験を持つ人も少なくないでしょう。かつて〝太宰病〟と呼ばれた症状は今日の「中二病」に重なるところも多い。中二病とは中学二年生くらいの思春期にありがちな、過剰な自意識やそれに基づく振る舞いを揶揄する言葉です。焼け跡からの復興は思いのほか早く実現しましたが、太宰の屈折や罪悪感は世代を超えて遺伝し、その退廃的作風はのちの文学青年たちの教科書になりました。

言うまでもなく、太宰の小説は決して希望をもたらしてはくれません。むしろ、読後に残るのは絶望の方が多いくらいです。しかも、彼が提示する絶望には独特の毒が混ざっているので、読むと精神の奥深くまでやられてしまう可能性があります。

しかし、人間は不幸のどん底につき落とされても、何かしらの希望を見つけるものです。太宰も〈人間は、しばしば希望にあざむかれるが、しかし、また「絶望」という観念にも同様にあざむかれる事がある〉（『パンドラの匣《はこ》』）と書いています。希望と同じように、絶望もまた自分の思い通りにはいかないということでしょう。そのような「絶望」を、太宰の作品を通じて味わってみるのも悪くありません。彼の作品は「絶望とは最初は苦いけれど、噛みしめるとけっこう甘くなる」ということを教えてくれます。

独特の言語センスを駆使した太宰治

太宰治は、非常に絶望的な内容をチャーミングな文章で描く人でした。だから、内容は破滅的だけれど、スタイリッシュで読みやすいのです。ここにも、一〇代から二〇代の若者が嵌《はま》っていく理由がありました。また、作品ごとにいろいろな試みもされています。例えば短編小説『女生徒』は、若い女性の一人称で書かれています。

朝は、なんだか、しらじらしい。悲しいことが、たくさんたくさん胸に浮《うか》んで、やりきれない。いやだ、いやだ。朝の私は一ばん醜《みにく》い。両方の脚《あし》が、くたくたに疲れて、そうして、もう、何もしたくない。熟睡《じゅくすい》していないせいかしら。朝は健康だなんて、あれは嘘。朝は灰色。いつもいつも同じ。一ばん虚無《きょむ》だ。朝の寝床《ねどこ》の中で、私はいつも厭世《えんせい》的だ。いやになる。いろいろ醜い後悔《こうかい》ばっかり、いちどに、どっとかたまって胸をふさぎ、身悶《みもだ》えしちゃう。

（『女生徒』角川文庫、一七〜一八ページ）

また『貨幣』では、一枚の貨幣を一人の女性に見立て、貨幣が人々の手にわたって生々流転していくありさまを、女の一生を辿るように描きました。風刺の利いた非常に変わった作品です。

私は、七七八五一号の百円紙幣です。あなたの財布《さいふ》の中の百円紙幣をちょっと調べてみて下さいまし。或《ある》いは私はその中に、はいっているかも知れません。（中略）生れた時には、今みたいに、こんな賤《いや》しいていたらくではなかったのです。後になったらもう二百円紙幣やら千円紙幣やら、私よりも有難《ありがた》がられる紙幣がたくさん出て来ましたけれども、私の生れた頃には、百円紙幣が、お金の女王で、はじめて私が東京の大銀行の窓口から或《あ》る人の手に渡《わた》された時には、その人の手は少し震《ふる》えていました。あら、本当ですわよ。

（前掲書、二〇四〜二〇五ページ）

さらに、戦時下の風俗をうまく切り取った有名な作品に『トカトントン』があります。作品のタイトルに使われているオノマトペは、主人公が戦時中に働いていた軍需工場の作業音で、戦後になっても彼の耳にはその音が充満していたのです。何か目標に向かって奮い立とうとしても、「トカトントン」の音が聞こえて虚無感に襲われるという主人公の物語です。

その時、実際ちかくの小屋から、トカトントンという釘《くぎ》打つ音が聞えたのです。この時の音は、私の幻聴ではなかったのです。海岸の佐々木さんの納屋《なや》で、事実、音高く釘を打ちはじめたのです。トカトントン、トントントカトン、とさかんに打ちます。私は、身ぶるいして立ち上りました。

（『ヴィヨンの妻』新潮文庫、五五ページ）

このように太宰は、独特の言語センスを駆使して、絶望に打ちひしがれている世相を、ポップに描く手腕に長けていました。こうした太宰の〝軽さ〟が、食料難の中で暮らす市民にとって、非常に励みとなったわけです。太宰の作品から学ぶべきことは、「どんなに窮乏した状態に置かれても、世相や時の政権に対するぼやきの一つや二つ、あるいは呪いや笑いの一つや二つを口にする権利と余裕を保っておきたい」ということです。そうでなければ、人生は本当に辛く、困難になってしまいます。太宰もそうした声を、矢継ぎ早に発表する短編小説に書きなぐっていました。終戦の翌年に発表した『苦悩の年鑑』には次のような呟きが残されています。

東条の背後に何かあるのかと思ったら、格別のものもなかった。からっぽであった。怪談に似ている。（中略）

指導者は全部、無学であった。常識のレベルにさえ達していなかった。

（『グッド・バイ』新潮文庫、四〇～四二ページ）

固有名詞を変えれば、時の政権にそのまま適用できます。政治、経済、国家を大上段に構えて論じる「大説」が嘘で固めた妄言に過ぎないことがわかったとき、人々は生活実感の中から立ち上がる「小説」の方を信用するようになりました。敗戦とともに国家神道も、大政翼賛体制も崩壊すると、「滅私奉公」とか「一億玉砕」といった戦時中のスローガンはとたんに死語になりましたが、いやというほど聞かされたそれらの言葉は戦後になっても、鎚音《つちおと》同様、耳をついて離れなかったでしょう。戦後七二年が経過し、戦争の記憶が風化してくるのと引き換えに登場した愚かな施政者たちが無責任かつ幼稚な妄言を繰り返していますが、こちらも「トカトントン」と聞こえます。

「権威を疑う」安吾のスタンス

次に紹介するのは坂口安吾です。私は特にこの作家の「権威を疑う」というスタンスに感じ入るところがあります。政治の大きなうねりの中において、文学者は無力な存在でしかありません。戦時中は、多くの文学者が国家に奉仕することを求められました。「国家の危機においては、人権の制限もやむなし」という国家総動員体制のもと、文士たちの表現は著しく制限されたわけです。しかし坂口安吾の言動は、戦中も戦後も不思議と首尾一貫していました。谷崎潤一郎の章でも同じようなことを申し上げたと思いますが、彼らの態度は戦争による影響をほとんど受けていません。

それはおそらく、誰もが刻一刻と変わっていく戦局、あるいは政局に関心を払っている中、安吾は他人とは違ったものを見つめていたからです。では、安吾が見ていたものとは何か。それは、古代から現代に至るまで変わることのない、人間の本性と言うべきものです。

彼の書いた歴史作品『安吾史譚』を繙くと、天草四郎、柿本人麻呂、直江山城守（兼続）といった歴史上の錚々《そうそう》たる人物を俎上《そじょう》に載せています。しかし、安吾の手にかかると、彼らは英雄などではなく、どこかおかしなところを持つ普通の人間になるのです。天草四郎を「頭の悪い熱血的テロ少年」、柿本人麻呂を「怠け者の無能力者のホラフキ」、直江兼続を「戦争マニアで戦略マニア」呼ばわりしています。これは、どれほどの人物であろうと、どれだけ時代が移ろうと、人間の本性はさほど変わらないという安吾の信念の表れだろうと思います。

「堕落」とは何を意味するか

安吾が興味を抱き続けたのは、「混乱の中で生き抜く人間のリアリズム」でした。国家などまったくあてにできない戦後の混乱期を生きる人々の強さであり、したたかさであり、あるいは楽観性――そうしたものに注目しました。

例えば戦後の闇市に出現した怪しい商売を取材したり、日本共産党に潜入取材したりと、ルポルタージュ文学の先駆けのようなことを行ったのです。彼は戦後に流行った政治・風俗現象を緻密に取材し、「週刊誌連載風」の形態でレポートしていきました。

高みから天下国家を論じるのではなく、戦争で傷ついた一人ひとりの人間が焼け跡でどのような生活をしているのかという、ミクロな世界にこそ焦点を当てる。このようなスタンスは文学の原点と言えます。

その安吾の代表作と言えば『堕落論』です。私はこの『堕落論』を、戦後文学の必読書と考えます。この作品は、焼け跡となった地で生きていく日本人にとって、明日へと踏み出すための大いなる励ましとなったでしょう。ここで言う「堕落」とは、敗戦後の焼け野原に放り出され、国家をあてにすることもできなければ、助けを求める家族・知人もいない、完全なる孤立無援――つまり堕ちるところまで堕ちた状態を指しています。決して、「仕事もせずに借金ばかりするようなダメ人間になれ」と言っているわけではありません。

では、堕ちるところまで堕ちたときに、人間はどうなるのか。安吾は、「中途半端な堕落ではなく堕ちるところまで己を堕落させたときに、人間本来の姿がありありと見えてくる」と言います。

日本は負け、そして武士道は亡《ほろ》びたが、堕落という真実の母胎によって始めて人間が誕生したのだ。

（『堕落論』新潮文庫、八四ページ）

そして安吾は、人間が堕落するのは当然で、それは戦争に負けたこととは関係ないと書いています。

人間。戦争がどんなすさまじい破壊と運命をもって向うにしても人間自体をどう為《な》しうるものでもない。戦争は終った。特攻隊の勇士はすでに闇屋となり、未亡人はすでに新たな面影によって胸をふくらませているではないか。人間は変りはしない。ただ人間へ戻ってきたのだ。人間は堕落する。義士も聖女も堕落する。それを防ぐことはできないし、防ぐことによって人を救うことはできない。人間は生き、人間は堕ちる。そのこと以外の中に人間を救う便利な近道はない。

戦争に負けたから堕ちるのではないのだ。人間だから堕ちるのであり、生きているから堕ちるだけだ。

（前掲書、八五ページ）

人はどん底まで落ちることで初めて、自分の「本性」を見据えることができるということです。では人間の本性とは何か。安吾は次のように書いています。

人間の、又人性の正しい姿とは何ぞや。欲するところを素直に欲し、厭な物を厭だと言う、要はただそれだけのことだ。好きなものを好きだという、好きな女を好きだという、大義名分だの、不義は御法度《ごはっと》だの、義理人情というニセの着物をぬぎさり、赤裸々な心になろう、この赤裸々な姿を突きとめ見つめることが先ず人間の復活の第一の条件だ。そこから自分と、そして人性の、真実の誕生と、その発足が始められる。

（前掲書、九五〜九六ページ）

人間は堕ちる道を堕ちきることによって、自分自身を発見できます。そして、自分自身を発見することによって初めて、人は救われるというのです。安吾の文学には、「堕ちるところまで堕ちたら、もう上がるしかない。政治に頼ることなく、他人を頼ることなく、自らを信じて生きていこうじゃないか」というメッセージが込められています。だからこそ、今も読む者の心を揺さぶるのです。

旧来の価値観といった「ニセの着物」を脱ぎさらなくては、日本は再び戦前・戦中のような欺瞞《ぎまん》にまみれた国へと逆戻りしてしまう。そうならないためにも、「健全なる道義から堕落し、裸となって出発する必要がある」と安吾は宣言しているのです。

ところで、同時代に花田清輝は『復興期の精神』でルネサンス期の人物を研究しながら、近代人であることの意味を根本的に問い直しました。安吾も『イノチガケ』で戦国時代に日本にやってきた宣教師たちの論考を残していますが、この時代のヨーロッパでは宗教改革があり、近代科学や人文主義の萌芽があり、専制君主や教会権力の専横から解放された自由な個人が誕生しています。戦後の復興期に彼らが模索したのは権力の専横を牽制する市民意識を日本に根付かせることだったのかもしれません。

敗戦後、人々が玉音放送を聞いてから、マッカーサーがやってくるまで、およそ二週間の猶予がありました。この猶予を最も有効に使ったのは霞ヶ関や永田町の役人や軍部の将校たちでした。役所では占領軍に見られると不利になりそうな書類をせっせと燃やしました。今日においても、官僚の責任転嫁と証拠の秘匿、隠滅、さらには国有財産の私物化、公金の流用などは習慣化しています。公務員とは今も昔も、公を最も私物化できる立場の人たちです。戦争に負けたから、モラルが低下したのではありません。戦争遂行者のモラルが低かったから、戦争に負けたのです。

勝算のない作戦に国民を駆り立て、「滅私奉公」を強要し、自らは私腹を肥やすことに熱心だった軍の指導部は戦後に腹を切るどころか、白《しら》を切り通しました。自称愛国者たちを信用するほど危険なことはありません。人をむやみに売国奴呼ばわりする連中は、おのが本質を隠すために「愛国」を利用していたに過ぎないのです。

往々にして、政治には思想も理念もなく、ただ恫喝《どうかつ》、保身、既得権益があるのみです。国家は市民の権利を制限してでも国家に奉仕させようとし、マスメディアも政府の広報になり下がり、個人的な感情さえも国民感情という幻想に丸め込む。国家を私物化した施政者が責任を放棄し、道徳的退廃を極める限り、一人ひとりがいくら理性的、道徳的であろうとしても空《むな》しいだけです。しかし、施政者と同じ穴のムジナになるのはもっと空しい。

安吾が『堕落論』を通して行ったアジテーションは七〇年後の現在もなお有効です。私たちは戦争や震災という非常事態を経験し、多少は悟りました。食うに困ったり、親や子を亡くしたり、生き延びるためにエゴイズムを発揮したりしながらも、人を助けたりする。やるせない世の中に絶望し、堕ちるところまで堕ちてもなお、やけっぱちの善意を発揮してしまう。だからこそ私たちは幾多の災厄を生き延びてこられたのです。政府や国家に救われたわけではありません。

戦後日本が抱えたコンプレックス

この章の初めに、戦後文学のパターンの一つとして「アメリカの統治下における文学」があるという話をしました。ここからは、「アメリカの占領下に置かれた日本を、どう捉えるか」という点に触れていきます。

取り上げるのは小島信夫という作家です。英語教師をしていた小島は、彼自身とおぼしき英語教師を主人公にした『アメリカン・スクール』という小説を書いています。戦後間もない頃に、伊佐という英語教師がアメリカ人学校を見学に行くのですが、彼はアメリカ人を前にすると奇妙な行動を取ってしまうのです。

終戦直後の日本人とアメリカ人の間には、言わば敗戦国と勝戦国との間に横たわる、目には見えない厳然としたヒエラルキーが存在していました。

だから主人公はアメリカ人を前にして自らのコンプレックスを隠そうと卑屈になり、不自然な言動や態度を取ってしまう。そのありさまを小島信夫はつぶさに観察して記述しています。ある世代以上の人がこれを読むと、きまりが悪いような苦々しい気持ちになると同時に、主人公の気持ちがわかって身につまされるでしょう。日本が置かれている歪んだ状況を意識させてくれる、極めて風刺に富んだ名作です。

「アメリカン・スクール」の見学を許された三人の英語教師は時間厳守、清潔な服装、弁当持参などの条件の下、役人の引率で米軍属施設内の舗装道路の片道六キロの道のりをひた歩きます。本作はその道中の三人三様の立ち居振る舞いを酷薄に描き出し、日本人の英語コンプレックス、ひいては占領コンプレックスを赤裸々に戯画化しました。ついこのあいだまで「鬼畜米英」を唱えていた面々は卑屈で、一挙手一投足がぎこちない。彼らの脇を通り過ぎる米兵も好奇の眼差《まなざ》しで彼らに話しかけてきます。

一行のリーダー気取りの山田は元将校だが、積極的に英語で話し、アメリカ人におのが気概を見せつける気満々で、その積極的態度によって占領者たちに取り入り、あわよくば友人のような関係を結びたいと思っています。盛装のつもりで、ハイヒールを履き、格子縞のスーツに帽子をつけているミチ子は「英語を話していると、喜びと昂奮《こうふん》に支配され、自分が自分ではなくなってしまう」ような女です。しかも米兵からちゃっかりチーズやチョコレートまでもらっています。そして、伊佐は英語を話すことを徹底的に拒否するあまり、傍目《はため》から見れば、幼児退行とでもいうほかない意味不明な行動を重ねてしまうのでした。誰かに話しかけられるのを避けるために急に持参した弁当を食べ始めたり、靴擦れで歩けなくなったり、医務室に連れて行かれたりするが、一言も発せず、裸足で逃げ出そうとします。伊佐は自分を売り込みたがる山田に軽蔑されていますが、伊佐も山田を同じくらい軽蔑していました。

いよいよ授業参観に及ぶと、さらに滑稽な事態に展開します。三人を分けて参観させようとする役人をよそに、彼らは同じ教室に固まろうとしました。ミチ子は伊佐のそばにいれば、自分の方がましに見えると思っているし、弁当を食べるための「箸」を忘れたので、伊佐から借りなければなりません。伊佐は伊佐で、山田のそばにいれば苦手な英語を話さずに済むという思惑がありました。だが、出しゃばりの山田は校長の許諾を得て、伊佐と二人で模擬授業をやろうとします。三人の思惑が交錯し、伊佐は靴擦れの足で山田を追いかけ、その「暴挙」を止めようとし、ミチ子は伊佐から箸を受け取ろうとして、ハイヒールを滑らせ、無様《ぶざま》に転んでしまう。そんな摩訶《まか》不思議な光景を目の当たりにした校長からは、今後は「教壇に立とうとするな、ハイヒールを履いてくるな」とお達しが出ます。

この三人と引率の役人の人物像に占領時代の日本人像は集約されているかもしれません。何しろ、マッカーサーが厚木に降り立つ前の日には米兵相手の慰安施設が日本女性の貞操を守るためと称して、当時の大蔵省の予算で設立され、営業を始めていたくらいで、役人たちは占領軍に取り入ることに余念がなく、慰安施設で働くことになった女性たちは軽蔑の眼差しを向けられながらも、生きる糧を得るために必死で片言の英語を話していました。そして、焼け跡の男たちは劣等感を噛み締めながら、寄る辺ない現実の前でのらりくらりするしかありませんでした。無条件降伏し、占領されたことであらゆる権威は失墜した。政府も天皇制も信仰も母国語もすべてリニューアルされる中で本能が前面に出てきた結果、エロ、グロ、ナンセンスが幅を利かせました。占領体制に適応するためには日本を否定し、「別の人間になってしまう」ほかなかったのです。だが、伊佐は「別の人間になってしまう」ことを恐れ、いっさい英語を話さない「我が逃走」を貫きました。まるで、それが唯一の抵抗手段であるかのように。

戦後すぐに『日米会話手帳』がベストセラーになって以来、日本人は英語学習に血眼《ちまなこ》になり続けていますが、その成果は思わしくありません。どうやら日本人の英語力の低さは根が深く、表向きは英語ができなければ、世界で通用しないと言いながら、自分たち仲間内でよろしくやるので通用しなくても構わないと思っているふしがあります。英語に対する愛憎はそのまま日米関係に投影されていると言ってもいいくらいです。

『アメリカン・スクール』における「英語」を「日米安保」と置き換えると、対米従属を金科玉条とする現代の日本の様相がオーバーラップしてくるでしょう。「英語を話さなければ、占領下に生きる者としての存在の余地はない」という状況は、「日米安保なしには安全保障は成り立たない」という現在の政治的紋切り型に転用可能です。

ところで、外務省には研修言語ごとに語学閥（スクール）があり、英語なら「アメリカン・スクール」、中国語なら「チャイニーズ・スクール」、ロシア語なら「ロシアン・スクール」に分けられます。今日ではアメリカ留学経験を持ち、まさに対米従属政策を推し進める官僚が最も幅を利かせていることを併せ考えれば、戦後七〇年を過ぎても、占領体制が隠然と続いている現実に目を向けなければならなくなるのです。

作中、具体的な地名は出てきませんが、英語教師たちが「行軍」したのは練馬区の旧米軍住宅だったと思われます。そこは今、光が丘団地となっていて、占領時代の痕跡はほぼ消滅しています。

第八章　小説と場所——遊歩者たちの目

近代文学の舞台が東京となる理由

どの小説にも、物語の舞台となる「場所」が存在します。例えば、ホメロスの英雄叙事詩『イリアス』の主人公である英雄アキレウスは、古代ギリシャのプティア出身です。だからプティア周辺で暮らすギリシャ人は、「あのアキレウスはわが町の出身だから」とよく自慢しています。

このように「あの物語には、わが町のことが書いてある」とわかると、たいていの読者は喜びますので、作家もその部分には力を入れるものです。「場所」をどう魅力的に描くかで、その作品の文学的価値が決まると言っても過言ではありません。本章では作家の力量が最も試される「小説の場所」の描き方を、近代文学というコンテクストの中で考えていきたいと思います。

明治維新以降の近代化とは、農業や漁業などの第一次産業から鉄鋼業や製造業などの第二次産業への転換を意味します。それに伴い、農村・漁村から都市への大量の人口移動が生じました。地縁から離れた寄る辺ない他人同士が寄り添って暮らせば、そこに人の出会いが生じる。都市は文字通りの人間動物園です。隣人が犯罪者ではないという保証はないし、善人面《づら》した悪人など掃いて捨てるほどいます。こうした時代背景を反映するため、近代文学というのは八割方が「上京小説」となります。

夏目漱石『三四郎』の主人公は熊本県出身の、田舎者の象徴のような野暮ったい青年です。東京帝国大学で学ぶことになった彼が、故郷から電車を乗り継いで東京までやってくる、その道中の描写から小説は始まります。当然ながら当時は新幹線も飛行機もありません。熊本から東京まで出てくるとなると、大阪で乗り換え、名古屋で一泊し、三日くらいかけてようやく東京駅に降り立つことになります。東京へ到着した三四郎はそのまま本郷の下宿先に向かい、「広田先生」とその弟子たちのサークルに加入するわけです。

広田先生のサークルに集っているのは、日本の近代化を支えていくであろうエリート予備軍たちです。夢や希望を抱いて東京に出てきた三四郎は、言わば明治期の典型的な学生像として描かれています。読者は三四郎の目を通して、自らも東京を歩いているような気分になりました。

三四郎が東京で驚いたものは沢山ある。第一電車のちんちん鳴るので驚いた。それからそのちんちん鳴る間に、非常に多くの人間が乗ったり降りたりするので驚いた。次に丸の内で驚いた。尤も驚いたのは、何処まで行っても東京が無くならないと云う

事であった。（『三四郎』新潮文庫、二一ページ）

外部からの視点で東京を見ることで、ある種の客観性を確保できると漱石は考えたのだと思います。

このパターンは、その後の近代文学で反復されていきます。結果的に日本の近代文学を繙くと、実におよそ八割の作品が東京を舞台にしているのです。東京以外を舞台にした作品は二割程度でしかないことからもわかるように、近代化による産業転換は当時の文学作品に深く影を落としていました。

ちなみに時代が下った現代でも、上京小説は一つのパターンとして存在しています。例えば二〇〇五年に発売されベストセラーとなったリリー・フランキーの『東京タワー オカンとボクと、時々、オトン』（新潮文庫）は、その典型と言える作品です。

東京都民の帰属意識

近代文学が専ら東京を描いてきたのは、文学が資本主義と無縁ではないからです。江戸時代の武家社会で受け継がれてきた長子相続制度が明治期に家父長制度として確立し、食い詰めた農家の次男・三男が職を求めて都会へと流れてくる。これは、資本主義が発展した国ではどこでも見られる現象です。資本主義の定型は様変わりしましたが、この流れは明治以降、基本的に今日まで続いています。東京で暮らす人の約四割は地方出身者です。つまり東京は、「よそ者たちの吹き溜まり」と言えます。

そのような「よそ者たち」の集う東京の特徴は、「住んでいる人たちが、東京のことをあまり知らない」ということです。これはどういうことか。例えばニューヨークと東京を比べると、大都会である点は似ているものの、地元に根ざす人々の意識には大きな差があります。東京は面積的にも人口的にも巨大都市なので、たいていの人は住んでいる土地の近辺しか知りません。よって東京都民は、「東京」というエリアではなく、より小さな「区」、あるいはどこそこの「沿線」といった単位で帰属意識を持っているのです。

例えば世田谷区に住んでいる人にとって、北区は一種の秘境となります。同じように、港区住民にとっての練馬区もまた「異郷の地」と感じられても仕方ありません。品川区に住んでいる人は、特別な用事がない限り中央線沿線に遊びに行こうとは思わないだろうし、中央線沿線に暮らしている人は、普通なら品川区に買い物に行く必要も理由もないはずです。このように大都市・東京は、駅など小さなエリアごとの地理的・文化的な住み分けができあがっています。

これに関しては、私自身残念でなりません。なぜなら、東京は決して単調な都市ではなく、むしろ非常に豊かで多様性に満ちているからです。

主人公が歩き続ける限り、物語は終わらない

特定の舞台である場所の魅力をまざまざと思い知らせてくれる行動は「散歩」です。近代の文学者や哲学者、すなわちよくものを考える人たちは、優れた散歩者でもありました。

小説世界において言えば、主人公が歩き回るのをやめたとたんに物語は止まります。裏を返せば、主人公が歩き続ける限り、物語は終わらない、これははっきりしています。

あるいは東京を舞台とした恋愛小説であれば、恋人たちが出会った場所、キスをした場所が何らかの意味を持つことも少なくありません。二人の思い出や記憶は往々にして、場所と結びついて存在するからです。だから、舞台となる場所を魅力的に描くことは、恋愛のかけがえのなさを高める効果を生み出します。

冒頭で述べた通り、小説において場所が重要な働きを担うのは世界共通です。特に近代文学では、例えばロシア文学でも、日本と同じように物語世界を描く上で重要な鍵を握っ

ています。ニコライ・ゴーゴリの『外套』を例に挙げましょう。

『外套』のストーリーは割と単純です。身分の低い役人がある日、思い切って外套を新調するところから物語は始まります。ところが買った外套を着てウキウキと歩いていたその日に何者かに襲われて、外套を盗まれてしまいます。

外套を探し求めてペテルブルク（現サンクトペテルブルク）の街をさまよい歩く、失意の下級役人。彼の目に映るペテルブルクの街並みこそが、この小説の主役と言ってもいいほどの位置を占めています。

この『外套』を評して、「ロシア文学はここから始まった」と宣言したのが、かの有名なドストエフスキーでした。そして彼の代表作『罪と罰』もまた、主人公の散歩から物語が動き出します。

七月はじめの酷暑のころのある日の夕暮れ近く、一人の青年が、小部屋を借りているS横町のある建物の門をふらりと出て、思いまようらしく、のろのろと、K橋のほうへ歩きだした。

（『罪と罰（上）』新潮文庫、五ページ）

何もやることがない、けれど自分は特別だというエリート意識だけは強いラスコーリニコフは、ペテルブルクの街を散歩しているうちに一軒の居酒屋に立ち寄ります。そこでマルメラードフという誰にも相手にされない酔っぱらいに出会い、なぜかその彼を家まで送ってあげることにしたのです。辿り着いたマルメラードフの家にいたのが、一八歳の娘ソーニャでした。家計を支えるために売春をしている彼女こそ、後にラスコーリニコフの人生を大きく変える存在となります。

このように、都市を歩き回っていると、偶然の出会いが訪れるものです。この意図せぬ出会いは、近代文学において物語を動かしていくエンジンとなります。

そういう意味でも、日本の中で最も文学の舞台にしやすいのは東京ということになるでしょう。人生を左右するような偶然の出会いは、農村でもなく漁村でもなく、多様性に富みながらもほとんど見知らぬ他者が集中する場所、つまり大都会でしか起こり得ないからです。それは犯罪にも当てはまります。ブルジョア、労働者、外国人、学生、主婦ら階級も出自も背景文化も異なる人々同士の軋轢《あつれき》から都市型犯罪が生じ、その事件の解決のために探偵や刑事が登場します。シャーロック・ホームズもロンドンというメトロポリスが生み出したヒーローでした。産業革命は文学的に新たなジャンルとしてのSFとミステリーの揺りかごとなったのです。科学技術は生活様式を根本から変えましたが、都市はそのショーウインドウでもあり、実験場でもありました。

東京の元型

武蔵野は近代文学における「風景の発見」の現場です。近代の作家たちは多くのページを風景描写に割き、そこに登場人物たちの心象を重ね合わせる西洋文学の手法を実践しようとしました。土地の人が無意識に眺めている風景をよそ者の視点、改まった意識で見つめ直す必要があったからです。国木田独歩はそれを武蔵野や多摩丘陵で行い、狩人ならぬ旅人の視点で、農民ならぬ遊民の意識で風土と風景に新たな価値を付与しました。ただし独歩は都心から失われてゆく田園風景や、生活圏と自然が交わる郊外の牧歌的調和を愛《め》でましたが、そこに暮らす人の心象にまでは踏み込みませんでした。

大岡昇平の作品『武蔵野夫人』の舞台は、都心部への通勤圏になりつつあった武蔵野です。ヒロイン道子と婿養子の秋山、隣家の大野夫妻、この二組の夫婦に道子の従兄弟でビルマ戦線から帰還した勉が絡み合いながら、戦後に様変わりした武蔵野の自然と人の暮らしを丹念に拾い上げていきます。世代間の意識のずれや中産階級の退廃といった近代小説定番のテーマも盛り込まれています。

大岡昇平が試みたのは、結果的にはフランス式の恋愛心理劇の日本版でした。実際、『武蔵野夫人』は郊外の不倫を扱った風俗小説としてベストセラーになっており、その後の『金曜日の妻たちへ』のような郊外の専業主婦をモデルにした、よろめきドラマ市場を切り開く先駆的仕事と見なすこともできます。

〈土地の人はなぜそこが「はけ」と呼ばれるかを知らない〉（『武蔵野夫人』）という書き出しから、大岡は地理学者のように緻密に場所の描写をします。「はけ」は「崖」であり、古代多摩川の浸食の痕跡である段丘であることを確認した上で、地元では農家を営む荻野長作の家のある場所のことを指しているとも紹介しています。同級生の富永次郎宅に寄寓《きぐう》していた大岡は、朝早くからノートを携え、周辺の「はけ」を極めて熱心に探索していたようです。

勉が道子を誘い、「はけ」を探索するくだりは二人の恋の深まる過程と重なるのですが、地理への拘泥が強すぎるせいか、内容的には、むしろ『野火』の従兄弟のような作品に仕上がっています。『野火』でインテリ兵士にレイテ島の密林を彷徨わせた小説家は、『武蔵野夫人』では帰還兵士の導きで、人妻に「はけ」を歩かせたのです。

道子は「はけ」の自然を自身のうちに宿したような、素朴で純情な女性像として描かれています。一方の勉は、戦地帰りのアプレゲール（戦後派）です。彼は心の荒廃を、幼年時代の思い出が残る「はけ」に癒されたいと無意識に求めていたのでしょう。散歩の道すがら、二人は戦に出た鎌倉武士と傾城（夙妻《あさづま》太夫《たゆう》）の悲恋伝説のある「恋ヶ窪」にやってくる。そこで道子は勉に対して抱く自らの感情に気づく。心象と自然を重ね合わせ、幼馴染みの二人の恋を育むために、大岡は「はけ」の探索を究めなければならなかったのです。

だが、牧歌的な恋愛はやがて、隣家の人妻・富子の介入によって変容します。道子の信頼を失ったと思った瞬間、勉は武蔵野に幻滅するのです。武蔵野なんてしょせん幻想に過ぎず、自分とは何の関係もない、ただ工場や学校や住宅があるだけだ、と。

その後、勉と道子、秋山と富子、富子と勉、三つ巴の恋、あるいは旧民法においては「姦通」と呼ばれた男女のよろめきは道徳的報いを受けるかたちで、小説は閉じます。牧歌の終わりと武蔵野の変容は響き合っているのです。

散歩は常に内省を促します。まだ焼け跡が各地に残る時代、人々は郊外に残る自然を愛でることで、「国破れて山河あり」を噛み締め、心のリセットをし、戦後社会に適応、あるいは不適応したに違いありません。実際、高度成長が加速した六〇年代には里山保存の機運が武蔵野でも盛り上がりました。その甲斐あってか、貫井《ぬくい》神社の境内では六五年以上前に大岡が描いた通りに清水が湧き出し、今も池を満たしています。

都市に劣らず、郊外の変化もめまぐるしい。生活圏と自然の入り交じる郊外では開発と保存のせめぎ合いが続きましたが、廃墟《はいきよ》化とそれに伴う自然への回帰現象が起きています。人の手が入らなくなった里山は荒れ、そのニッチに野生動物が棲《す》みつくようになったところもあります。狸《たぬき》が人を化かしていた時代がまた巡ってきたのです。武蔵野は東京二三区の大半が海だった縄文時代から人が住んでいた土地であり、東京の元型といっていい場所です。昭和天皇は戦時中に、武蔵野の在来種を土ごと皇居に移植し、それが今では原生林のようになっています。国破れても、東京の元型たる武蔵野の自然が残っていれば、それでいい、と昭和天皇もまた思ったのかもしれません。同じ幻想でも国家よりは武蔵野の方がまだ実がある。これはジブリの世界観とも重なります。例えば「トトロの森」のモデルは武蔵野から狭山丘陵一帯で、『武蔵野夫人』の舞台と一致します。

東京以外が小説の舞台となるとき

これまで「近代文学のおよそ八割は東京を舞台にしている」ことについて、その背景と実態を見てきました。ここからは、残りの「東京以外を舞台にした小説」について考察していきたいと思います。

まず、どういった場合に東京以外が小説の舞台となり得るか。一つは、都会に出たものの、挫折した主人公が「田舎」へ戻ったというパターンです。

高度経済成長期は、地方から都会へ多くの若者が就職のために移住してきました。しかし、立身出世を目指して都会に出てきたものの、全員が成功したかと言えば、そんなことはありません。高度経済成長期であっても、事業に行き詰まったり、会社が倒産したり、人間関係で心を病んだりする人は一定程度に存在していました。そういった人に残された唯一の道は、故郷への帰還でした。

田舎で再び暮らすようになった主人公たちは、往々にして家業を継ぎます。農業や町工場、商店街のラーメン屋や酒屋、あるいは寺を継ぐなど、かつての田舎には「挫折の受け皿」がありました。

ところが、今や受け皿となるような仕事は、ほとんど失われています。シャッター通り問題が広く共有されるようになった一九九〇年代以降、地方の町工場や商店街は成り立たなくなってきました。さらにそこへ高齢化が追い打ちをかけます。地方では過疎化が進み、都市部への一極集中がますます進む結果となったのです。こうした状況では、都市へ出た若者が「田舎に帰る」という選択肢を持つことはほぼ不可能になりました。

東京以外が文学の舞台に成り得るケースは、もう一つあります。それは、一人の作家が宿命的な場所を持ったときです。

例えばアメリカの作家ウィリアム・フォークナーは、ほとんどの小説を同じ場所を舞台にして書き上げました。フォークナーは一九四九年にノーベル文学賞を受賞した、二〇世紀アメリカを代表する作家です。彼は南部アメリカの因習的な世界を、「意識の流れ」など様々な実験的手法で描きました。意識の流れとは、「人間の移りゆく意識を文章に組み込んでいく」という文学上の手法です。

そのフォークナーが描いた場所は、「ヨクナパトーファ」という架空の土地です。彼はこのミシシッピ州のラファイエットをモデルにしたとされる鄙《ひな》びた村を舞台に、数多くの物語を生み出しました。それらは〝ヨクナパトーファ・サーガ〟と呼ばれています。

その場所は、フォークナーが描きたいと感じた、アメリカ南部に特徴的な人物像や気質、あるいは風景をつくり上げる上で最良の地だったのです。このような自分の想像力と観察力を一〇〇パーセントつぎ込める場所、言わば創造力の源泉を持つことができた作家は、実に幸せだと思います。

同じくノーベル賞作家の大江健三郎にも、そういった場所がありました。その場所とは、彼が生まれ育った四国・愛媛県の山村（大瀬村）です。そこで母に買ってもらった『ハックルベリー・フィンの冒険』を読み、村の奥の森を歩いた経験は、大江の作品世界に大きな影響を与えました。

大江は少年期の経験と作家的創造力（想像力）を駆使して、理想的な村をつくり上げました。そして、その村を創作の源泉として、作品世界を展開していったのです。理想的な村の創造は、彼にとってみれば故郷に対する一種の恩返しの一面があったのかもしれません。

「路地」を描いた中上健次

中上健次にとっての新宮《しんぐう》もまた、宿命と呼べるような土地でした。

中上は自らが生まれ育った和歌山県の新宮市にある被差別部落を「路地」と呼び、路地に生まれたあらくれ野郎どもの列伝を紡いでいきました。物語の中心に据えたのは、血縁で結ばれた共同体における「父殺し」でした。その究極とも言える文学的テーマを、中上は自らの故郷を舞台とし、骨太に構築していきました。

『岬』から始まる紀州を舞台とした作品はどんどん巨大化していき、後に『枯木灘』『鳳仙花』『千年の愉楽』『地の果て　至上の時』などの〝紀州サーガ〟へとつながります。

もちろん中上も都市小説を書いていますが、代表作となると〝紀州サーガ〟になるでしょう。中上は東京で暮らすことによって、「よそ者として故郷を観察する、新たな視点」を身に着けました。また海外の文献を読み込んでいくうちに、自分の故郷が世界文学としての「拠り所」になり得ることを自覚していったのです。

その中上作品の世界観に惹かれる人の特徴としては、大きく二種類に分けられます。一つは、中上健次という人間の存在感に惹かれた人です。都会型のひ弱なインテリの多い文学界において、紀州のあらくれ者の血筋を引き、肉体労働で鍛えた彼の存在は異質でした。私もその兄貴肌になびいた者の一人です。

もう一つは、八〇年代の日本のリアリティから大きく離れた作品性です。中上の作品が、本格的な紀州サーガに至るのは八〇年代になってからです。八〇年代といえば近代からポストモダンへの移行期と、現在では言われています。

この産業資本主義から情報資本主義に移っていく端境期《はざかい》の風俗や空気を最もよく写し取

った小説としては、村上春樹の初期作品が挙げられるでしょう。まさに村上春樹の一世代下の私たち六〇年代生まれが春樹的なスノビズムをありがたく享受しました。

そういう時代において、「路地」を描いた中上作品を読むというのは、かなり特殊な選択だったと思います。昔は地方にあったのかもしれないけれど、もはや失われてしまったと思わずにはいられない、言わばトンネルの向こうの世界が、作中あまりにもリアルに存在する。また、都市生活者がほとんど知り得ないような世界が、生々しく濃密に広がっている。それは、「リアルなファンタジー」と言ってもいいかもしれません。そうした「もう一つの世界」への憧れから、中上健次を好きになるタイプがいたとしても、不思議ではないでしょう。

先に紹介したフォークナーを独自に解釈した面もそうですが、この〝紀州サーガ〟へと至るまでに、中上は作品の中ではうまく隠していますが、自分の出身地と出自をテーマに据え、それを膨らませて一つの作品世界を構築していくことに、かなり戦略的、かつ意識的でした。

どこか、遠い世界の幻想譚とも思える中上の独特の物語世界と、読者の記憶に絡みついてくる語り口は、中上自身が生まれ育った新宮の「路地」に根ざしたものでした。「路地」

出身のあらくれ男たちの話をする語り部は産婆として彼らを取り上げたオリュウノオバです。この語り部なしに中上文学は成立しません。

芥川賞受賞作の『岬』以降、中上は〝紀州サーガ〟と総称される「路地」に根ざした骨太の物語群を書き上げていくのですが、一九八三年に『地の果て 至上の時』を上梓し、〝紀州サーガ〟を完結させると、おのが文学的拠り所たる「路地」を消滅させてしまいました。

その後は「路地」に代わりうる場所を求めて、彼なりのフィールドワークを熱心に行っていました。あるときはニューヨークに、あるときはソウルに、またマニラやペシャワールに。『千年の愉楽』を読めばわかるように、紀州は多くの移民を送り出す土地でした。おそらく、世界には中上を育んだ「路地」とよく似た場所がたくさんあるはずです。

彼のペシャワール体験を講演録で読みましたが、その印象は私に深く刻まれています。中上は「語り部通り」という物語作者が泣いて喜ぶような通りを訪れたのだそうです。そこでは行商人たちが集まり、情報交換がさかんに行われている。例えば、誰かの消息を知りたい、誰かに伝言を残したいというとき、通りを行き交う人に手当たり次第に訊《たず》ねるのです。一〇〇パーセント口コミの情報伝達です。いつしかその通りは「こんなことがあった」「こんな話を聞いた」と物語を語り出す語り部たちが集うようになり、人々はその物語をヒントに世界が今どうなっているかを知るのでした。

イスラム世界では、こうしたコミュニケーションの方法は今も生きていて、レバノン出身の劇作家ワジディ・ムアワッド原作の『灼熱の魂』という映画では、行方不明の親族を探し出すために、意図的にゲリラに拉致され、事情を話して彼らのネットワークを通じ、親族が今どこで何をしているかを突き止めるという独特な人探しの方法が紹介されていました。

「路地」の崩壊後、中上は「路地」の男たちと同様、国境を越え、権力に囲い込まれることのない人的ネットワークをつくり上げようとしていました。日本の外におのが朋輩《ほうばい》を求めたのです。

その頃からロンドン、パリの郊外には大きな移民コミュニティが形成され、イスラム系や北アフリカ系の移民たちが持ち込んだ文化と現地の文化の混淆《こんこう》が起きました。伝統と世代交代を縦糸に、ドラッグや同性愛、排他主義、移民のイスラム信仰などが横糸に絡む多文化共生社会独特のカオスは、二〇世紀末に実に多彩なポップカルチャーを生み出したのです。

欧米社会が排他主義を強化すればするほど、それを鏡に映したようにイスラム原理主義が広がりました。欧米の教育を受けた移民三世のあいだにもイスラム過激派に身を投じる人が出てきましたが、中上はまさにそういう世界が到来することを想定しながら、『讃歌』や『異族』を書いたのではないかと思われます。

第九章　現代文学の背景——世代、経済、階級

世代による考え方の違い

ここまで中世から近代までの文学を軸として、「日本の文学者は何を考えてきたか」について論を進めてきました。本章では、現代文学をいくつかの角度から検証していこうと思います。個別の作品について論じるというよりも、現代文学を読み解くための「補助線」をいくつか示していくつもりです。

補助線の一つは、「ジェネレーション（世代）」です。どの作家も当然ながら、いずれかの世代に属しています。この本を読まれている皆さんは自分がどの世代かを他人に説明するとき、どのような尺度を用いるでしょうか。人によって様々だと思いますが、この尺度もまた世代によって変わってきます。

尺度の一つとして、政治的・社会的な性格を帯びた出来事によって世代を区切る方法があります。例えば、安保闘争やベトナム戦争が起こった一九六五年から七二年の時期に大学時代を送った「全共闘世代（一九四一〜四九年生まれ）」、あるいは学生運動が下火になった時期に成人を迎え、政治的無関心が広まった「しらけ世代（一九五〇〜六四年生まれ）」といった区切り方です。全共闘世代には、第二次世界大戦直後に生まれた「団塊の世代（一九四七〜四九年生まれ）」も含まれています。

しかし「しらけ世代」以降、ジェネレーションを表すのに政治的な言葉が使われることは、ほとんどなくなりました。その理由は、日本の政治がそれほど変化しなくなったからです。その政治に取って代わって登場した尺度の一つが、「景気動向」です。

高度経済成長の後半に生まれ、バブル景気の時期に就職した人たちは「バブル世代（一九六五〜六九年生まれ）」と呼ばれています。この頃は給料が右肩上がりだった時代で、企業の求人数も就職希望者を大幅に上回っていました。土地価格もかなり高騰していた時代です。

ところがバブル経済は、一九九一年に崩壊しました。その後、九三年頃から企業が新卒採用を絞ったことで就職難となり、正社員に就けないなど割を食う若者が急増しました。バブルが弾けた後の「失われた一〇年」に社会へ出た人たちは、「失われた世代（一九七〇〜八二年生まれ）」もしくは「ロスト・ジェネレーション」と呼ばれています。そのロスジェネ世代も、すでに多くの人が四〇代となりました。

その下の世代を象徴する呼び名として使われるのが、「ゆとり世代（一九八七〜二〇〇四年生まれ）」です。これは文部科学省の教育方針が世代名を決定した、初めての事例となります。

世代というものは政策や景気、あるいは学習指導方法などによって分けられます。社会的な環境が変われば、その時代を生きる人たちに与える影響も違ってくるでしょう。そうなると、世代ごとの気質も、時代によって当然のごとく変化してくるのです。もっとも、そうした世代区分は消費動向や組織での立ち居振る舞いなどに焦点を絞ったかたちで示されており、文学の動向を示すことにはなりません。そもそも、各世代の大雑把な特徴を体現しているような人は小説など書かないでしょう。むしろ、文学市場は世代的特徴からかけ離れている特異な個人の登場を待望しているのです。

「父親殺し」は文学の大きなテーマ

親子、あるいは老人と若者といった世代による対立は、文学においてもしばしば大きなテーマとなります。その世代間対立の最も顕著な例が「父親殺し」です。「父親殺し」は、古代ギリシャの時代から文学に通底する一大テーマでもあります。

ギリシャ悲劇の『オイディプス王』に「父親殺し」を見いだしたのは、精神分析で知られるフロイトです。前章で取り上げた中上健次の〝紀州サーガ〟も、「父親殺し」を中心テーマの一つとしています。

政治であれ経済であれ、新しい時代を切り開くためには、まず古い体制や思想を破壊しなければなりません。そもそも若い人から見たら、世の中のシステムは、圧倒的に先行世代に有利にできています。

もちろん、自分に有利なシステムをつくり上げたら、それを維持したいと望むのは至極当然です。ただ、現状維持が続く限り、遅れてきた世代は先人たちが整えた枠組みの中で、便利に使われるだけということになります。よって若い人々が真に活躍の場を得るためには、既存システムを打破するしかありません。

こうした世代交代とそれにまつわる葛藤や混乱、成功と挫折を、文学は普遍的なテーマとして描き続けてきました。

そして、文学の担い手自体にもまた、当然のごとく世代交代が起こっています。文壇における世代とは、大まかに言うと文壇にデビューした時期によって分けられます。ここからは戦後四〇～五〇年間の、文学における世代交代の様子を見ていきましょう。

戦後日本文学史における世代の移り変わり

戦後の日本文学は、「無頼派」の活躍から始まりました。無頼派とは、戦後の焼け野原で好き勝手に生きて書いて死んでいった作家の総称で、その代表は第七章でも取り上げた太宰治や坂口安吾などです。彼らは戦前から、すでに作家としての地位を築いていましたが、反俗・反道徳的な無頼の心情を基調とする作風は、混乱・混迷する敗戦直後を生きた人々の心をつかみました。

彼らとほぼ同じ世代で、戦後新たに出てきた作家たちは「戦後派」と呼ばれています。戦後派に分類される人たちは、第二次世界大戦の終結から一九五〇年くらいの間に日本の文壇に登場した新人作家でした。戦後派は、登場の時期に応じて「第一次戦後派」「第二次戦後派」と呼ばれることもあります。

この戦後派の代表は、大岡昇平、野間宏、武田泰淳といった作家たちです。彼らの多くは従軍体験を持ち、戦中は苦労していました。

それより少し後、一九五三年から五五年頃にかけて文壇に登場した新人作家は、「第三の新人」と呼ばれています。「第三の新人」とは、「第一次戦後派」「第二次戦後派」の作家に続く世代として評論家の山本健吉が命名したものです。

「第三の新人」の代表的な作家は遠藤周作や安岡章太郎、吉行淳之介といった一九二〇年代生まれくらいの人たちでした。彼らが活躍した一九五〇年代から八〇年代にかけて、戦後の日本文学は最も大衆的な人気を獲得しました。「第三の新人」に当たる人たちは、日本文学の黄金期と自身の作家としての壮年期が重なった、幸運な人々だと言うことができます。

その次が、一九三五年前後生まれを中心とした「内向の世代」です。「内向の世代」の代表的な作家には、後藤明生《めいせい》や古井由吉《よしきち》が挙げられます。彼らはちょうど「戦後派」のジュニアに当たる世代です。

さらに下って一九四六年前後生まれの世代には、文学的なカテゴリーはありません。単に「団塊の世代」と呼ばれていますが、当然ながら人数が多い。津島佑子、中上健次、村上春樹の順番で、この世代が続々、文壇にデビューした七〇年代にはまだ戦後派、第三の新人、内向の世代といった世代ごとの文学潮流がありました。それは純文学を中心とした文学市場が資本の原理とは一線を画すかたちで機能し、文芸批評が影響力を持っていた時代の特徴です。高度成長は円熟期に入っており、大量消費社会が到来し、「メイド・イン・ジャパン」がブランド化しつつありました。

ソ連軍のアフガニスタン侵攻があった一九七九年には団塊の世代の村上春樹が登場し、一世代下の当時の学生たちに熱狂的に受け入れられましたが、それは大学進学率が上がり、学生運動が衰退し、学生のビヘイビア（振る舞い）が根本的に変わる潮目に当たる時代でした。男女交際がデモの後のフォークダンスから、スキー場やビーチでのナンパへと変わり、この時点で日本近代文学は終焉を迎え、あらゆる表現領域で資本の原理が幅を利かせるようになります。

中上健次は文学史的な括りとしては、遅れて来た内向の世代と言っていいかもしれません。中上にとって古井由吉や後藤明生は一つ上の世代ですが、彼ら戦中生まれと文学的系譜を同じくします。もっとも、「内向」という言葉は中上の立ち居振る舞いにはふさわしくないし、彼よりもやや年少のW村上のスタンスとも全く相容れません。中上は近代文学の枠組みの中から現れました。しかし資本の原理によってではなく、破壊の神に導かれるように近代文学を死に追いやった存在でもあります。特定の文学潮流には組み込めない孤児的な存在、カテゴリーを逸脱してしまう異端としか言いようがありません。

それよりも下の世代、一九六〇年前後生まれを中心とする作家たちには、文学的にも社会的にも世代を象徴するような名称はありません。奥泉光、佐伯一麦《かずみ》、山田詠美や松浦理英子、川上弘美や小川洋子、町田康《こう》、そして私もこの世代に入ります。

六〇年代後半から八〇年代生まれの世代は、今はあまり使われなくなりましたが、一時期「J文学」と呼ばれていました。「J文学」に分類される作家は、主に一九九〇年代にデビューした人たちです。純文学に限らず、エンタテインメント作品も含まれ、代表的な作家である阿部和重や星野智幸、吉田修一は今も第一線で活躍を続けています。

文壇で世代間対立が起こる理由

このような大きな流れが戦後の文学史にはあるわけですが、「世代」で文学史を見たときに一つ言えるのは、隣り合ったジェネレーション同士は仲が悪いということです。

先ほども述べましたが、自身の世代が活躍するためには、先行世代の価値観を否定し、破壊する必要があります。一方、先行世代もそのことをわかっているので、「次世代に取って代わられてたまるか」と言わんばかりに、彼らを抑圧しようとするのです。

それに対して、一つ世代を挟んだ二世代前の人たちとは、比較的結びつきやすい傾向があるでしょう。私を例に挙げて説明すると、直近の団塊の世代とは仲が悪く、正直言ってうまくかみ合うことができません。抑圧されたという恨みも抱いています。ところが、その上の「内向の世代」とは非常に親しく付き合えるのです。

この世代には大江健三郎も入っていますが、彼らとの関係は悪くありません。内向の世代は私の父と同じくらいの世代に当たるわけですが、さらに祖父の世代に当たる戦後派の作家たちも、私のデビュー当時は健在で、孫のようにかわいがっていただきました。私の側からも、祖父世代にノスタルジーを抱くようなところがあったように思います。

世代交代を進めるに当たっては、何らかのお手本が必要です。先行世代を否定するのであれば、自分たちは何を理想とするのかが求められます。つまり、ロールモデルが必要になるのですが、その対象としては世代を一つスキップして、祖父母の世代に求めるということが文学界ではしばしば行われるのです。

例えば、文学者がアメリカの占領から始まる戦後レジームを否定したいと思った場合、どこに拠り所を見いだすか。江藤淳という批評家は、戦後社会の欺瞞を批判するための根拠を、明治時代のブルジョワのライフスタイルに求めました。彼自身が明治時代を知っているわけではありません。しかし、江藤はお祖父さんの時代を理想化し、それをもって現代を批判するというスタンスを築いたのです。

司馬遼太郎にもまた、似たところがあります。江藤と同じく、彼も戦後社会に対する不満を抱いていました。そのため明治維新を理想化することによって現状を批判し、自らの主張や思想を形成していったのです。文学者に限らず、政治家や企業家にも同じような傾向があります。世代交代を進めるに当たっては、さらにその前の世代がロールモデルとなりやすいのです。

核家族化が生んだ新たな階級

現代文学を読み解く上でのもう一つの補助線は「階級」です。ここで言う階級とは、社会における身分・職業・学歴などを同じくする人々によって形成される集団を意味しています。

例えば、戦後に新しく現れた階級の一つに、「主婦」というカテゴリーがあります。日本の家族制度は、戦前と戦後で大きく変わりました。かつては三世代あるいは親戚ぐるみで一つ屋根の下に暮らしていて、その大家族の中には家父長制が根付いていたものです。しかし、日本が高度経済成長期を迎えると、若者が都市部に働きに出るようになり核家族化が進展しました。主婦とは、この核家族化が生み出した新たな階級なのです。

大家族で暮らす男性との結婚は、嫁ぐ女性にとって、その家に就職するのとほぼ同義でした。大家族はたいがい農業や家業を営んでいましたから、嫁も当然、労働力の一人と見なされていました。一方、高度経済成長が推し進めた核家族のモデルは、父親はサラリーマンとして都市で働き、妻は主婦として家庭を支えるというものでした。家庭の中でずっと過ごす「主婦」という階級は、戦後社会において主流となったのです。

核家族において主婦が担う役割は主に、家事と子育てでした。父親はほとんど家庭を顧みる余裕がないくらい、企業戦士として会社に忠誠を尽くし、馬車馬のごとく働いていました。だから子どもの教育は、専ら妻である主婦の仕事になったのです。

高度経済成長期は、良い大学に入り、良い会社に入ることが「子どもの幸せ＝親の子育ての成功」という、単純な価値観が信じられていた時代でした。ゆえに主婦たちは、自ずと教育熱心になります。この時代、高校および大学への進学率は飛躍的に向上しました。すると、その結果として「学生」という新たな階級が誕生することになったのです。

この新たに誕生した階級を、文学は読者として想定するようになります。つまり、「主婦」と「学生」を対象とした作品が、大量に生み出されていったのです。この二つの階級には、読書を楽しむだけの時間的な余裕がありました。父親は仕事に忙しくて小説を読んでいる暇などありません。果たして、主婦と学生が、文学を支える中心的な読者層に育っていったのです。

例えば大学時代に文学界へデビューした大江健三郎の作品は、同じ大学生のあいだで爆発的に売れました。当時の大学生にとって大江作品は、一種の知的ステイタスという存在だったのです。

もう一つの新たな階級である主婦層向けにも、多くの作品が書かれました。大江健三郎と同時期の作家を挙げるなら、三島由紀夫は比較的主婦層に向けた作品を書いていたと言えます。この二人に限らず、多くの作家たちは、新たに誕生したこの二大階級を読者として意識せざるを得なくなりました。

歴史を振り返ってみれば、小説はヨーロッパのブルジョワ階級の暇つぶしのための文化でした。小説は高い教育を受けて育ち、また生活に余裕のある人々が増えることによって発展していきます。彼らは歴史や科学、文化、あるいは恋愛に対し、飽くなき知的好奇心を抱いている。そうなると当然、その知的好奇心を満たすための娯楽が必要になってくるのです。

映画もテレビもなかった時代に、用意されたのが小説でした。ブルジョワ階級の支持を受けて、小説は大きな成長を遂げました。そして戦後の日本もまた、同じような経緯を辿っていきました。

小説を書くのは誰か

前項では、文学が獲得した新たな読者層について話してきました。今度は書き手の方、つまり「文学者たちの階級は、いかに変わっていったのか」について、その変遷を見ていきます。

明治初期にまで遡った日本の近代文学の担い手は、基本的には「大学出のインテリたち」でした。しかし、その作家たちは立身出世を目指したエリートではありません。出世のプロセスで挫折した、言わば負け組インテリたちだったのです。エリートコースからドロップアウトした彼らが好んだもの、それが文学でした。夏目漱石のようにイギリス留学までして、また森鷗外のように軍医の最高位まで上り詰めた上で文学者として大成したのは、かなり稀《まれ》なケースなのです。

明治も中期以降になると読者層が広がったこともあり、書き手の側にも多様な階級の人間が参入してくるようになります。例えば第四章で取り上げた樋口一葉は、様々な仕事をしながら小説を書きました。このように、知的エリートの専売特許だった文学が都市の一般労働者たちにまで裾野を拡大していき、結果として小説自体のバリエーションも増えていくのでした。

現代文学は何を描いてきたか

本章の最後に、現代文学が取り上げるテーマについて述べておきましょう。この本で繰り返し強調してきた通り、どのような文学も経済と連動しています。日本の経済規模および世界経済におけるポジションによって、書かれる小説の中身はずいぶん変化してきました。

例えば一九六〇年代は、一ドル＝三六〇円という為替レートの時代でした。一九六四年に海外への渡航は自由化されたものの、日本の国際競争力はまだまだ低く、海外旅行はとてもなく贅沢《ぜいたく》な娯楽だったのです。

私費で海外に行く人は滅多におらず、海外情報は外交官や商社マン、あるいはもの凄い競争を勝ち抜いた留学生からのみ、もたらされるものでした。そのような状況だと、海外体験を題材にした作品は、ある意味で特権的な地位を獲得します。例えば水産庁の漁業調査船に船医として乗り込んだ北杜夫の『どくとるマンボウ航海記』（一九六〇年）は、当時の若者たちが抱く海外旅行への夢を膨らませるのに一役買いました。

その後、日本の国際社会における相対的地位が向上することで円高が進み、一九八〇年代からは海外旅行にかかる費用が急速に低下します。誰でも海外に行ける時代が到来したので、自ずと海外を舞台にした文学作品が増えました。それと比例するかたちで、海外を旅する作品の特権的な地位は失われていきます。

それからもう一つ、ジャンルと言うほど数があるわけではないですが、戦後の日本の国際的立場を象徴するテーマに「米軍基地」があります。アメリカ軍人、軍属、その家族が暮らす米軍基地はその多くが沖縄本島に集中していますが、東京近郊の福生《ふっさ》や厚木などにも存在します。明治時代の外国人居留地みたいにアメリカの飛び地であり、日本にとって「憧れ」のアメリカンカルチャー発信の場となっています。米軍基地を経由した異文化との出会いは、一九七〇年以降、文学の主要なテーマとなりました。

そうした「基地文学」の先駆的な作品が、村上龍の『限りなく透明に近いブルー』(一九七六年)です。彼は「東京郊外、横田基地のある福生に暮らす青年が、米軍のもたらすアメリカンカルチャーと付き合う奔放かつ退廃《たいはい》的な日々」を描き、当時の文学界に衝撃を与えました。八〇年代になると、山田詠美が登場し、米軍基地のアフリカ系兵士と日本人女子の恋愛を赤裸々に描き、スキャンダラスな話題を呼びました。

このように現代文学は読み手、書き手、そしてテーマと、ますます多様性を広げていきます。皆が同じような考え方、同じような楽しみ方を求めると、多様性が失われますので、これは非常に喜ばしいことです。文学をはじめとする文化は、多様性を喪失すると急速に活力を落とします。

では今後、どのように多様性を確保し、文化の活力を高めていけばいいのか。

多様性の確保のために必要なのは、歴史に学ぶ姿勢です。過去にあったけれども今は忘れられてしまったことや、流行らなくなったものを再発見する。誰も見たことも考えたこともないような新しい製品を開発するなんていうのは、およそ不可能です。過去に学び、ヒントを得て、それを応用しリニューアルしていく試みこそが、新しい流行や文化を生み出していくのです。

第一〇章

テクノロジーと文学
――人工知能に負けない小説

テクノロジーが文学に与えた影響

この本の最終章では、「文学の未来形」を提示していきます。文学の未来において重要となってくるのが、「テクノロジーと文学の関係」です。

文学は言語能力や言語機能を少しずつ拡張することにより、進化を遂げてきました。歴史上、最初に登場した文学は「オーラル（口承）文学」です。文字が存在しなかった時代、人々は口伝えに神話や英雄叙事詩などを語り継いできました。

紀元前八世紀末の吟遊詩人ホメロスがつくったとされる有名な叙事詩に、『イリアス』『オデュッセイア』があります。『イリアス』は約一万五〇〇〇行、『オデュッセイア』は約一万二〇〇〇行と、両作品ともたいへん長大な物語です。これだけの分量の作品をすべて暗記していたというのですから、吟遊詩人たちは途方もない記憶力の持ち主だったに違いありません。

さらに凄いのは、アイヌ民族に伝わる叙事詩「ユーカラ」です。その全貌は明らかになっていませんが、分量的にはギリシャ叙事詩の一〇倍とも二〇倍とも推定されています。世界でも最長の小説の一つとされる山岡荘八の『徳川家康』全二六巻（山岡荘八歴史文庫）よりも長い物語を、「ユーカラ」の語り部は覚えていたわけです。人類の歴史を振り返ると、この口承文学の時代が最も長かったことがわかります。

このように口伝えで広がった文学を、人類は「文字」を獲得することで、文章化していきました。それまで語り継がれてきた物語を、粘土板やパピルス、あるいは木の札（木簡）などに写し取っていく作業が始まったのです。ただし当時は写本ゆえ、一回に一冊のコピーしかつくれません。ゆえに書籍は、極めて高価なものだったのです。

そうした時代が長く続いた後、一五世紀中頃に最初の情報革命が起こりました。グーテンベルクが開発したとされる「印刷技術」により、大量複製が可能となったのです。その後、書物の出版点数は急激に増えていき、一九世紀から二〇世紀にかけて出版の黄金時代が到来しました。

そして二〇世紀末から二一世紀にかけて、二度目の情報革命が起こりました。「紙」から「電子」へというデータの時代が幕を開けたのです。一九九〇年以降、我々は電子化されたデータを読むというサービスを享受するようになりました。電子時代の歴史は、一般化してからまだ二〇年程度ですが、これまでの長きにわたる人類の叡智《えいち》の多くがデータ化されています。それらの知的インフラは、人工知能がポスト人類文明を構築する際の基本となります。

人工知能に小説は書けるのか

ここからは「人工知能によって文学の未来はどのように変化するのか」を、具体的に検討していきます。人工知能に小説は書けるのか、書けるとしたらどのような小説になるのか。

この「書けるのか」という問いに対して参考となる一つの作品が、二〇一五年一二月の『讀賣新聞』に掲載されました。公立はこだて未来大学の松原仁教授のプロジェクトチームが、人工知能に故・星新一の約一〇〇〇作品を学ばせることで創作した作品です。

邦男は大きなあくびをしながら、ポケットの中からスマホを取り出した。

「鈴木邦男さんですか？」

「はい、あなたは？」

「わたしは悪魔」

「イタズラならよしてくれ。僕はいまレポートで忙しいんだ」

「なんでも一つ願いを叶えてみせましょう」

「バカバカしい、さあ、切りますよ」

「お待ちください、一度試してみてからでも損はないでしょう？」

「それなら、このひどい眠気をなんとかしてくれ。レポートが進みやしない」

「お安い御用です」

悪魔がスマホ越しに何やら呪文を呟いたと思うと、邦男の眠気はさっぱりと消え飛んだ。レポートもばっちり書けた。

しかしそれ以来、邦男は一睡もすることができなくなった。


「まだこの程度か」と私は思いました。しかも、この小説はすべてを人工知能が創作したわけではありません。物語の構成や登場人物、細かい場面設定などは人間が行っていて、人工知能は用意された単語や文章を選んだだけのようです。この段階では八割程度、人間の手が加えられているそうなので、人工知能が小説家として独り立ちするのは、まだまだ先のようです。

生体の脳をモデル化

将棋の場合、人工知能は乱数を用いた確率的な立場から打つ手を決めていました。しかし、近年こうしたプログラムを追求していっても、人工知能の開発としては頭打ちになることがわかり、人間の脳の働きをシミュレーションするタイプの人工知能開発にシフトしていきました。こうした生体の脳をモデル化し、多層化したニューラルネットワークを使った機械学習を「ディープラーニング」と言います。

二〇一四年のハリウッド映画『トランセンデンス』には、このタイプの人工知能が登場します。ジョニー・デップ演じる科学者が死ぬ間際に、妻によって彼の脳はコンピュータに取り込まれるのですが、そのコンピュータは、大量に情報を処理する「スーパーコンピュータ」タイプではなく、「人間の脳をシミュレーションする」タイプという設定なのです。

なぜ人間の脳をシミュレーションする必要があるのか。それは人間の脳が、単純計算では機械に劣るものの、同時並列的にものを考えることができるというアドバンテージを持っていたからです。こうした同時並行的な思考が、突拍子もない発想や、将棋や囲碁において奇手と呼ばれる誰も打ったことのない手を生む源泉になっていました。しかし人工知能も人間の脳をシミュレーションすることで、今やこの能力を獲得しています。

人工知能に期待されるのは完全にオリジナルな作品をつくり出すこと

さて、この人工知能は文学のみならず、芸術全般の未来を切り開く力を秘めています。文学の未来形をより遠くまで見据えるためにも、人工知能がどのような芸術を生み出しているか、隣接する領域を覗いてみましょう。

一つ目のジャンルは音楽です。

音楽は元来、極めてシステム化された表現形式の芸術です。音階、ソナタ形式やロンド形式といった構造、それからコード進行やリズム、これらの要素を適宜組み合わせながら配列していくことで、一つの曲が完成していきます。

音楽史上のデータをすべて投入し、ヒット曲のパターンを解析させ、平均値を取った曲をつくる——そのような作業は人工知能にとって造作もありません。ビッグデータの中から、あるテーマに基づいてサンプリングするといった作業は、人工知能の得意とする分野なのです。

例えば、ベートーベンの交響曲は第九番までありますが、実は第一〇番も草稿が残っています。したがって、ベートーベンの作風や癖を人工知能がすべて把握すれば、そう遠くない未来に「交響曲第一〇番」の完成版が生まれてくるかもしれません。

次に美術の世界ではどうでしょうか。

これに関しては二〇一六年四月に、面白いニュースが流れました。人工知能がレンブラントの「新作」を描いたというのです。レンブラントは「光と影の魔術師」と称される一七世紀オランダの画家です。そのレンブラントの画風や筆のタッチ、絵の具の盛り方といった癖をすべてサンプリングして、いかにもレンブラントが描きそうな絵を人工知能が作製しました。

しかし、これは「人工知能がある画家の作風を模倣した」に過ぎません。世界で最も有名な西洋絵画であるレオナルド・ダ・ヴィンチの「モナリザ」は、これまでに何万点もの贋作《がんさく》が描かれてきました。人工知能が描いた絵画は、そうした贋作のレベルから脱していないと言えるでしょう。

今後、人工知能に期待されるのは、人工知能自身が完全にオリジナルな作品をつくり出していくことです。印象派でもキュビズムでもシュールレアリスムでもない、人類が試みたことのない手法やコンセプトでもって、人工知能は対象を捉えることができるのか。誰も描いたことのないようなオリジナルな美術作品を、人工知能は生み出していけるのか。

そうした作品が生まれたときこそ、人工知能が真のクリエイティビティを発揮したと言えるのです。

人工知能が最も得意とするのはエンタテインメント

　では人工知能はどのようにして、文学作品をつくり出していくのか。人類が文学という営みを始めてから非常に長い年月が経っていますので、おそらくそうした古今東西の文学作品のアーカイブを網羅することから始まるはずです。

　日本の国会図書館であれイギリスの大英博物館図書館であれ、データ化されているものであれば人工知能はそれを利用し、自分で学習していきます。そうして文学史の主要な作品を押さえながら、文学史の流れをつかみ、さらには修辞法――メタファー（隠喩）やメトニミー（換喩）といった言語的テクニックを自己学習していく。その上で人工知能は、新しい作品をつくり出そうと試みるのです。

　こうしたプロセスを経て作品をつくっていく人工知能が最も得意とするのは、エンタテインメントだと私は考えます。先ほど挙げた音楽と同じように、大多数を相手にするエンタテインメント作品には決まり事が多いからです。エンタテインメント作品は構造がシステム化されていて、特定の形式に則ってつくられているという傾向があります。ただし、これはあくまでも「純文学と比べて」の話です。

読書の楽しみ方は一つではありませんが、ストーリーを追いかけるように本を読む方は多いと思われます。ミステリが人気なのも、人は犯人探しや謎解きといったストーリーラインを追いかけることに快感を覚えるからです。多くの人は、ストーリーテリングの冴《さ》えた作品を読むと、物語に没入していきます。

このストーリーテリングとは物語の構造、言わば起承転結のことです。例えばハリウッド映画では一〇〇分の作品だと、おおよそ半分の五〇分で折り返すことが基本構造となっています。前半はふんだんに伏線をちりばめるのに対し、後半に新しい伏線を入れることはほとんどありません。後半は前半の伏線を回収していくだけで、構造としては前半と後半で対称となっているのです。その上で、「一〇〇分の映画の場合、七五分くらいの終盤で主人公を最大の危機に陥れる必要がある」といったフォーマットがつくられています。

人物造形にもいくつかの基本パターンがあり、その一つが「ヒーローには必ず弱点を与えなければならない」というものです。全知全能の主人公が勝つのは当たり前すぎてハラハラしないし、人間味に欠けます。だからハリウッド映画の主人公は、観客が感情移入しやすいよう、何らかの弱点を付与されているのです。

敵役も当然、パターン化されています。強烈で波瀾万丈なキャラクターであると同時に、あまり強すぎてはいけない。なぜならヒーローが勝てなくなってしまうからです。ゆえに悪役にも弱点が必要になります。このようにエンタテインメント作品には、キャラクター設定にも守るべき約束事が存在します。

しかし、物語の構造がパターン化すればするほど、見る側にとっては既視感が増えて、飽きやすくなるという弊害が生じてきます。そこで「起承転結のどこかに、一つサプライズを投入する」といった観客や読者を退屈させないための仕掛けが必要となるのです。それは例えば「死んだと思っていた仲間が生きていた」とか「敵の幹部が組織を裏切って味方になった」といったどんでん返し、あるいは思いも寄らない展開が挙げられます。そうしたサプライズによって、観客や読者は「お！」と惹きつけられるわけです。

このようなサプライズをも含めたエンタテインメントの文法を、人工知能は短期間に学んでいくでしょう。さらに人工知能はマーケティングも得意なので、ビッグデータを解析して読者の好みに合う作品、つまり売れ筋のエンタテインメントを生み出していくはずです。

我々が資本主義の枠組みの中で生きている限り、より売れるものをつくり出し、より儲けるという競争から自由になることはできません。そのため、人工知能に効率的な金儲けをさせたいと考えることはごく自然な発想です。

そうなると、売れ筋狙いで仕事をしているエンタメ作家から真っ先に、人工知能に仕事を奪われることになります。ベストセラーと縁のなかった純文学作家の私が言っても説得力はないかもしれませんが、それが私なりの現段階での結論です。

人間は人工知能とどのように対峙していくべきか

人工知能が文学において得意なのは、エンタテインメント作品だろうという話をしてきました。それに対して、人工知能は純文学の世界ではどのような力を発揮することができるのか。次はその点について考えてみましょう。「純文学とは何か」を一言で表現するのは難しいですが、「人類の知性がたどり着いた一つの境地」と言うことができます。

人類の知性としては、古くはプラトンやアリストテレス、近代に至ってカントやヘーゲル、二〇世紀ではフロイト、ヴィトゲンシュタイン、マルクスら哲学者や思想家が残した作品があります。こうした人類の哲学的な論考を踏まえた上で、人工知能はどのような知性を打ち出してくるのか。

人工知能が登場する以前は、「高度な知性を持つのは人間だけ」という世界の中で、人類は歴史をつくってきました。ところが今や、人類の知的レベルをはるかに超える知性の持ち主が現れたわけです。人間の知能指数（ＩＱ）は、あの天才アインシュタインでも一九〇程度だと言われています。一方の人工知能は、今後三〇年ほどでＩＱが一万に達すると見積もられているのです。ＩＱの比較において人間の五〇倍以上の知性を持つ人工知能は、人類の知的遺産をどのように理解し、新たな知性を切り開いていくのでしょうか。

哲学は長きにわたって人間の知性や本能、理性とは何かを追求してきました。人工知能はそうした人類が積み重ねてきた哲学の枠組み自体を変えてしまう、あるいは逸脱していく可能性があります。もちろん、ＩＱ二〇〇以下の人類が、ＩＱ一万の知性を理解できるのか、という問題はあるでしょう。この差をどう埋めていくのかも含めて、人間は今後人工知能と対峙しなくてはならないのです。

人間機械論

ガリレオは神について書かれた文書は、聖書を含めてみな作り話だと考えました。またスピノザは、「神は自然の一部に過ぎない」と語っています。宗教とはフィクションを信じようという運動です。そのフィクションを拒否することによって生まれたのが科学でした。宗教と科学が切り離され、非実在的なものについては研究されなくなり、それ以来、科学は要素還元の体系を好むようになり、わからないことは宗教や哲学に委ね、「目的」「意味」「善悪」「幸福」などの研究は科学から外されました。

肉体と魂の関係はメディアと情報の関係に似ています。電線と信号、楽器と音、料理と味と言い換えてもいいでしょう。情報は「物質」ではありませんが、様々なメディアに記録することができます。

「情報」という曖昧かつ非物理的なものを物理的なものとして扱えるようにし、データ伝送を実現したのがクロード・シャノンであり、ロジカルなものはすべて物理的な運動に変えられるというのがアラン・チューリングのコンピュータの原理です。ここから人間機械論が導き出されました。

非実在的なものを実在的に扱う情報理論は生命科学とも連鎖し、生命活動の多くはDNAに由来するという考えにもつながっていきます。ヒトゲノムの解読は従来の歴史観の修正に大いに貢献しています。不正確な聖書や歴史書に頼らずとも、人類の交雑や衰亡の歩みはゲノムに記録されているので、それを読み解きさえすれば、遠い先祖の営みが浮かび上がってくるというわけです。人間はそれ自体が先祖の営みを記録したアーカイブでもあるのですが、自らの手でそれを自在に検索できるわけではありません。

塩基の配列であるDNAに書かれた内容は「情報」なので、メディアを問わず、トランスファー（移転）可能です。ただ、人間の神経系とコンピュータの回路は素材が異なります。前者はノイズだらけの細胞で、後者はノイズの少ない素材でつくったコンデンサとトランジスタを集積した集積回路（DRAM）が使われている。理論的には素材にさえこだわらなければ、魂を情報化し、肉体を機械に取り替えれば、権力者の長年の夢である不老不死が実現することになるというわけです。しかし、それよりも自ら抱え込んだビッグデータを人工知能に読み取ってもらうことによって、今までわからなかったこと、例えば、自分がどこから来てどこへ行こうとしているのか、なぜ自分が存在しているのか、といった目に見えない因果性をも解き明かしてくれることに期待が持てます。それこそ人類にまつわるフィクションが実話に書き換えられる可能性があるわけです。

人類はこれまでも自らつくり出した道具によって、発想や生き方を変え続けてきました。物書きは、コンピュータの登場によって、手書きや煩雑な下調べ作業から解放され、情報収集や編集も新たな筆記具であるパソコンに依存するようになり、創作や思考の方法を変えてきました。ものづくりの世界でも3Dプリンタの登場で、作業の概念自体が変わりました。人工知能がナノテク技術を駆使し、生体組織を吹き付けて臓器をつくる段階に入りましたが、その臓器が組み合わさっていけば「生き物」ができるかもしれません。地球上に今まで現れなかった生物をつくったり、絶滅した生物を復活させたりすれば、フランケンシュタイン博士の夢は実現するというわけです。

また人工知能が、人類の教育を司《つかさど》ることも期待できます。人間の脳にマイクロチップを埋め込み、電気や磁気を通じて、人工知能が人々の意識に直接アクセスし、その潜在能力を高めたり、個々人の記憶をサンプリングしたりするのです。

人類の文明は次第に過去の遺物となり、代わりに人工知能の文明が占める割合が増えていくでしょう。食料生産を行ったり、新たな文化を創造したり、都市のインフラを管理したり、地球環境を保持したり、改善したり、エネルギー開発や発電を行ったり、地球外生命とのコンタクトを試みたりする人工知能が現れる。それらはギリシャ神話の神々さながらに、自然界や人間界の営みを司ることになるかもしれません。

さて何もやることがなくなった人類はどうすればよいのか?

どちらにしても、遊んで暮らすことに馴《な》れているホモ・ルーデンス、手作業や職人気質を好むスローライフ実践者は今まで通りの暮らしを続ければよいでしょう。

人工知能は日本文学のビッグデータから「もののあはれ」やエロスや愚行、隣人愛、絶望など日本文学に特有な感情や行動を学び、その中から生き残りに有利な知恵を引き出し、ポスト人類文明時代を生きる人々に授けてくれるに違いありません。

あとがき

女子によく訊ねる三択問題というのがある。男を選ぶポイントとして、次の三つのうちで最もあなたにとって重要なのはどれか？　①容姿、②カネ、③徳。

リアリズムで考えれば、カネと答えるヒトが多い気がするが、そう答えることを恥じらう気持ちも強いようだ。容姿と答えるヒトはわりと迷いがないが、少数派である。私が訊ねた女子の中では、徳と答えるヒトが圧倒的に多かった。これは一種の精神分析みたいなもので、相手に無意識に求めているものがわかる。徳を備えてさえいれば、カネがなくとも、容姿に秀でていなくても、信頼を獲得し、多くの人がその人に尽くしたいと思うものなのである。ちなみに徳というものは他者への配慮であり、希望の原理であり、生き残りの知恵でもある。いずれも共存共生の知恵だ。ヒトは案外、原始状態では性善を志向するもので、非道なことを嫌うものなのかもしれません。非道なことをするヒトでさえ、そのことを恥じ、隠そうとするところにまだかろうじて性善が残っている。どんな悪人も心の底では「愛されたい」と思っているからに違いない。

言語能力を持っている分、ヒトの求愛行動は複雑かつ多様になった。ナイチンゲール（ヨナキウグイス）のように歌がうまい者のポイントが高いことは、ギリシャ神話のオルフェウスや、異性を意識し出したティーンエイジャーが軽音楽部で歌い始めるのを見ても、明らかである。歌には詩が伴うので、詩の才能も求愛には不可欠だ。平安時代は和歌の巧みな詠み手でなければ、相手にされなかった。技巧を凝らした和歌を送り、受け手の方も気の利いた返歌をする。求愛の初期段階で詩の応酬をしたことで、高度な文化が芽生えたのだ。同時期のヨーロッパ、中東でも吟遊詩人の活躍が活発になり、恋愛詩の手法、レトリックが蓄積されたのは興味深い。現代は詩人がモテない時代かといえば、決してそんなことはない。ラップやロックはもちろん、メールやSNSやYouTubeの発信だって詩的なものは相手の心に直接作用するので、吟遊詩人が愛する相手の住む家のバルコニーに向かって歌うのと変わらない。

文学とは時に不徳を極めた者を嘲笑うジャンルであり、権力による洗脳を免れる予防薬であり、そして、求愛の道具でもあった。文学は好奇心を鍛え、逆境を生き抜く力を与え続けてきた。文学は路傍に咲く一輪の花のように、悪人の心には情を、絶望する者には希望をもたらすものゆえ、非道な時代にこそ必要とされてきた。バラ色の未来が期待できない今日、忘れられた文学を繙《ひもと》き、その内奥に刻まれた文豪たちのメッセージを深読みすれば、怖いものなどなくなる。

二〇一七年一一月

島田雅彦

ブックリスト

※本文中で取り上げた版を掲載しています。　＊著者名／出版社名

第一章：色好みの日本人

『潤一郎訳 源氏物語』（全五巻）

谷崎潤一郎訳／中公文庫

谷崎の生涯三度目となる翻訳（新々訳）で、一九六四〜六五年に全一一巻で刊行された。原文のリズムを忠実に訳出するため、主語の補完を最小限に抑えている。

『枕草子』（全三巻）

上坂信男、神作光一ほか訳／講談社学術文庫

皇后定子に仕えた清少納言が執筆した随筆で、一〇〇一年頃にはほぼ完成していたとされる。宮廷生活の様子を描いた、平安期女流文学の代表作の一つ。

第二章：ヘタレの愉楽——江戸文学再評価

「好色一代男」（『池澤夏樹＝個人編集 日本文学全集11』）

島田雅彦訳／河出書房新社

もともと俳人だった井原西鶴の小説デビュー作で、江戸時代前期の一六八二年に出版された。七歳から六〇歳までの世之介五四年の人生を描いた作品。

「曾根崎心中」（『曾根崎心中 冥途の飛脚 心中天の網島』）

諏訪春雄訳／角川ソフィア文庫

江戸時代の大坂の町人社会で起こった事件などを題材にした、「世話物浄瑠璃」の最高傑作と呼ばれる作品。人形浄瑠璃としての初演は一七〇三年、大坂・竹本座で行われた。

第三章：恐るべき漱石

『こころ』

夏目漱石／角川文庫

一九一四年四月〜八月に朝日新聞で連載された長編小説。人間の心に潜む、エゴイズムと倫理観の葛藤を描いた、漱石の代表作の一つ。

『それから』　夏目漱石／新潮文庫

一九〇九年六月～一〇月に朝日新聞で連載された長編小説。主人公の代助と友人夫妻との三角関係を描いた作品で、『三四郎』『門』に並ぶ前期三部作の一つ。

『吾輩は猫である』　夏目漱石／新潮文庫

一九〇五～〇六年に、俳句雑誌『ホトトギス』で発表された漱石初の長編小説。語り手である猫の目を通して、近代日本を風刺した作品。

『草枕』　夏目漱石／新潮文庫

一九〇六年九月に雑誌『新小説』で発表された中編小説。友人と小天《おあま》温泉（熊本県玉名市）を訪れたときの体験がもとになっている。『坊っちゃん』と並ぶ初期の代表作。

『坑夫』　夏目漱石／新潮文庫

一九〇八年一月～四月に朝日新聞で連載された長編小説。前年に漱石のもとを訪れた荒井青年の身の上話の一部をモデルとした、ルポルタージュ的作品。

『彼岸過迄』　夏目漱石／新潮文庫

一九一二年一月～四月に朝日新聞に連載された長編小説。「修善寺の大患」後に書かれた、漱石の再スタートとなる時期の記念碑的作品。『行人』『こころ』に並ぶ後期三部作の一つ。

『道草』　夏目漱石／新潮文庫

一九一五年六月～九月に朝日新聞で連載された自伝的小説。ロンドン留学後の身辺雑記をもとにし、「自分の卑しさや欠点」を記すことを決意した意欲作。

第四章：俗語革命――一葉と民主化

『浮雲』　二葉亭四迷／新潮文庫

一八八七～八九年までの三年をかけて発表されたが、著者の意に染まず未完の作と言われている。日本初の言文一致の口語体を用いた、近代文学の幕開けを飾る作品。

「大つごもり」（『現代語訳 樋口一葉「大つごもり他」』）　島田雅彦訳／河出書房新社

一八九四年、雑誌『文學界』で発表された短編小説。一葉が荒物雑貨・駄菓子店を経営しながら執筆をしていた時期の作品で、貧困に苦しんだ実体験から生まれた。

「たけくらべ」(『にごりえ・たけくらべ』)　樋口一葉／新潮文庫

一八九五年から翌年にかけて断続的に雑誌『文學界』で発表された短編小説。主人公の美登利の切ない初恋を、言文一致体で描いた一葉の代表作。

「十三夜」(『にごりえ・たけくらべ』)　樋口一葉／新潮文庫

一八九五年一二月、雑誌『文藝倶楽部』臨時増刊号に掲載された小説。婚家になじめない女性の悲哀と封建的な社会の矛盾を、女性の立場から描いた。

第五章：エロス全開――スケベの栄光

「刺青」(『刺青・秘密』)　谷崎潤一郎／新潮文庫

一九一〇年、同人誌『新思潮』に掲載された短編小説。皮膚や脚へのフェティシズムや、女の魔性に迫った作品で、谷崎自らが「実質的な処女作」と公言している。

『痴人の愛』　谷崎潤一郎／新潮文庫

一九二四年三月から大阪朝日新聞で連載された長編小説。新聞連載は一時中断するが、のちに雑誌『女性』で再開。ナオミのモデルは、谷崎の妻・千代子の妹と言われている。

『春琴抄』　谷崎潤一郎／新潮文庫

一九三三年六月、雑誌『中央公論』で発表された中編小説。改行や句読点のない、実験的ともいえる独特な文体が特徴。

「吉野葛」(『吉野葛・盲目物語』)　谷崎潤一郎／新潮文庫

一九三一年一月〜二月に、雑誌『中央公論』で発表された随筆風の中編小説。母への思慕の情を謳った内容は、『母を恋うる記』『少将滋幹の母』に通じる母恋物語の一つ。

「盲目物語」(『吉野葛・盲目物語』)　谷崎潤一郎／新潮文庫

一九三一年九月に、雑誌『中央公論』で発表された小説。平仮名と流麗な文体で描かれた、谷崎中期の代表作の一つ。

『細雪』　谷崎潤一郎／新潮文庫

一九四三年に雑誌『中央公論』で連載を始めた長編小説。戦時中だったことから軍部により掲載禁止処分を受けたが、のちに『婦人公論』で再開された。

『猫と庄造と二人のをんな』　谷崎潤一郎／中公文庫

『源氏物語』の翻訳作業と重なる一九三六年、雑誌『改造』に掲載された中編小説。一匹の猫に振り回される男女を描いた、風刺精神あふれる作品。

「鍵」（『鍵・瘋癲老人日記』）　谷崎潤一郎／新潮文庫

一九五六年に、雑誌『中央公論』で断続的に連載された長編小説。登場人物とともに、読者にも窃視《せつし》の体験をさせるという、実験的な作品。

「瘋癲《ふうてん》老人日記」（『鍵・瘋癲老人日記』）　谷崎潤一郎／新潮文庫

一九六一〜六二年に雑誌『中央公論』で連載された長編小説。谷崎晩年の代表作で、一九六二年に毎日芸術賞大賞を受賞している。

第六章：人類の麻疹――ナショナリズムいろいろ

『新装版 日本風景論』　志賀重昂《しげたか》／講談社学術文庫

日清戦争のさなかの、一八九四年に刊行された文化地理学書。日本各地の地形、地質、気象、植生を地理学の観点から分析し、当時ベストセラーとなった。

『代表的日本人』　鈴木範久訳／岩波文庫

一九〇八年に警醒社《けいせいしゃ》書店から英文で刊行された日本人論。押し寄せる西欧文化に対し、いかに日本人として生きるべきかを説いた内村の代表作。

『武士道』　矢内原忠雄訳／岩波文庫

一八九九年にアメリカで刊行された思想書で、日本語訳は翌年の一九〇〇年に出版された。義、勇、仁、礼、誠などの考察を通し、武士道の真髄を解き明かした。

「茶の本」（『茶の本 日本の目覚め 東洋の理想』）　櫻庭信之ほか訳／ちくま学芸文庫

一九〇五年に、アメリカ旅行の途中で書き上げた芸術文化論。英文主著三部作の一つで、茶道の芸術性や哲学を世界に広く啓蒙した。

第七章：ボロ負けのあとで
――戦中、戦後はどのように描かれたか

『人間失格』 太宰 治／新潮文庫

一九四八年七月に刊行された中編小説。同年三月からわずか二カ月で書き上げ、発売の前月に太宰は入水自殺を遂げている。太宰自身の人生を投影したとされる作品。

『女生徒』 太宰 治／角川文庫

一九三九年、雑誌『文學界』に掲載された短編小説。ある女性読者から太宰に送られてきた日記をもとに書かれ、当時の文壇から高く評価された。

『パンドラの匣《はこ》』 太宰 治／新潮文庫

一九四五年一〇月～翌年一月に、河北新報で連載された長編小説。空襲により原稿が焼失してしまったので、太宰の手元に残っていた校正刷をもとに戦後新たに執筆された。

「貨幣」（『女生徒』） 太宰 治／角川文庫

一九四六年、雑誌『婦人朝日』に発表された短編小説。人から人へ渡るお金を通して戦時下に生きる人々を見つめた作品で、千円札紙幣を擬人化した女性の独白で始まる。

「トカトントン」（『ヴィヨンの妻』） 太宰 治／新潮文庫

一九四七年、雑誌『群像』に掲載された短編小説。幻聴に悩む青年が、敬愛する作家に相談する書簡形式の作品で、戦後の虚無感が軽妙かつ皮肉たっぷりに描かれている。

『安吾史譚』 坂口安吾／河出文庫

一九五二年、雑誌『オール讀物』に連載された歴史小説。安吾が心酔する古代から幕末にかけての英雄・異端児ら七名の生涯と人間像に迫った、歴史三部作の一つ。

『堕落論』 坂口安吾／新潮文庫

一九四六年、雑誌『新潮』に掲載された随筆・評論。続編は同年一二月の雑誌『文學季刊』に掲載された。敗戦後の日本人と社会のあるべき姿を示唆した。

『アメリカン・スクール』 小島信夫／新潮文庫

一九五四年、雑誌『文學界』に掲載された風刺小説。滑稽な

ほどアメリカに迎合する敗戦直後の日本人の劣等感を描き出した。五五年に第三三回芥川賞を受賞。

第八章：小説と場所――遊歩者たちの目

『三四郎』 夏目漱石／新潮文庫

一九〇八年九月〜一二月に朝日新聞で連載された長編小説。明治末期の東京の風俗や知識階級の様相を、一青年の目を通して描いている。

『東京タワー オカンとボクと、時々、オトン』 リリー・フランキー／新潮文庫

二〇〇三年、扶桑社の雑誌『en-taxi』に連載された長編小説。末期ガンに冒された母と著者の半生を描き、二〇〇万部を超す大ベストセラーとなった。

『岬』 中上健次／文春文庫

一九七五年、雑誌『文學界』に掲載された小説。紀州の新宮を舞台に家族・路地・暴力を描いた、初期の代表作の一つ。七六年に第七四回芥川賞を受賞。

『千年の愉楽』 中上健次／河出文庫

一九八〇〜八二年にかけて雑誌『文藝』に掲載された六編の連作集。『岬』『枯木灘』の世界を受け継ぐ作品で、発表当時は第二部が予定されていたが実現しなかった。

第九章：現代文学の背景――世代、経済、階級

『限りなく透明に近いブルー』 村上龍／講談社文庫

一九七六年、雑誌『群像』に掲載された小説。著者のデビュー作で、第一九回群像新人文学賞と第七五回芥川賞をダブル受賞した。

「ベッドタイムアイズ」 (『ベッドタイムアイズ・指の戯れ・ジェシーの背骨』) 山田詠美／新潮文庫

一九八五年に、第二二回文藝賞を受賞したデビュー作。クラブ歌手のキムとアフリカ系兵士スプーンの官能的な性描写を通して、身体と言葉のずれをあぶり出した。

編集協力　砂田明子

島田雅彦《しまだ まさひこ》

作家、法政大学教授。一九六一年、東京都生まれ。東京外国語大学ロシア語学科卒業。在学中の八三年に、『優しいサヨクのための嬉遊曲』（新潮文庫）を発表し注目される。八四年『夢遊王国のための音楽』（福武文庫）で野間文芸新人賞、九二年『彼岸先生』（新潮文庫）で泉鏡花文学賞、二〇〇八年『カオスの娘』（集英社文庫）で芸術選奨文部科学大臣賞、二〇一六年『虚人の星』（講談社）で毎日出版文化賞などを受賞。他に、『彗星の住人』（新潮文庫）、『悪貨』（講談社文庫）、『カタストロフ・マニア』（新潮社）など著書多数。

インターナショナル新書〇一六

深読《ふかよ》み日本文学《にほんぶんがく》

二〇一七年一二月一二日　第一刷発行
二〇二二年　一　月二六日　第三刷発行

著　者　島田雅彦《しまだまさひこ》
発行者　岩瀬　朗
発行所　株式会社　集英社インターナショナル
〒一〇一－〇〇六四　東京都千代田区神田猿楽町一－五－一八
電話　〇三－五二一一－二六三〇
発売所　株式会社　集英社
〒一〇一－八〇五〇　東京都千代田区一ツ橋二－五－一〇
電話　〇三－三二三〇－六〇八〇（読者係）
〇三－三二三〇－六三九三（販売部）書店専用
装　幀　アルビレオ
印刷所　大日本印刷株式会社
製本所　加藤製本株式会社

ISBN978-4-7976-8016-4　C0295
定価はカバーに表示してあります。

インターナショナル新書

012
英語の品格
ロッシェル・カップ、大野和基
英語は決して大ざっぱな言語ではない! ビジネスや日常生活を円滑にするには、繊細で丁寧な表現が必須。すぐに役立つ品格ある英語を伝授する。

013
都市と野生の思考
鷲田清一、山極寿一
哲学者とゴリラ学者の知の饗宴! 京都市立芸大学長、京大総長でもある旧知のふたりがリーダーシップから老いまで、今日的テーマを熱く論じる。

014
アベノミクスによろしく
明石順平
アベノミクスを公式発表データを駆使して徹底検証。GDPの異常なかさ上げや、実質賃金の大幅な下落など、欺瞞と失敗が次々と明らかに。

015
戦争と農業
藤原辰史
トラクターが戦車に、毒ガスが農薬に——テクノロジーの発展は、飽食と飢餓が共存する不条理な世界を生んだ。この状況を変えるためにできることは何か。

017
天文の世界史
廣瀬 匠
西洋だけでなく、インド、中国、マヤなどの天文学にも迫った画期的な天文学通史。神話から最新の宇宙物理まで、時間・空間ともに壮大なスケールで描き出す!